el lado oscuro
OCEANO

LA PLAYLIST LETAL DE PERRY

el lado oscuro
OCEANO

LA PLAYLIST LETAL DE PERRY

JOE SCHREIBER

el lado oscuro
OCEANO

La playlist letal de Perry

Título original: *Perry's Killer Playlist*

© 2012, Joe Schreiber

Publicado según acuerdo con Houghton Mifflin Harcourt Publishing Company

Traducción: Adriana de la Torre

Diseño de portada: Diego Álvarez y Roxana Deneb
Fotografía del autor: © Houghton Mifflin Harcourt

D.R. © 2016, Editorial Océano, S.L.
Milanesat 21-23, Edificio Océano
08017 Barcelona, España
www.oceano.com

D.R. © 2016, Editorial Océano de México, S.A. de C.V.
Eugenio Sue 55, Col. Polanco Chapultepec
Del. Miguel Hidalgo, C.P. 11560, México, D.F.
Tel. (55) 9178 5100 • info@oceano.com.mx
www.oceano.mx • www.oceanotravesia.mx

Primera edición: 2016

ISBN: 978-607-735-989-0

Reservados todos los derechos. Ninguna parte de esta publicación puede ser reproducida, almacenada o transmitida por ningún medio sin permiso del editor. Cualquier forma de reproducción, distribución, comunicación pública o transformación de esta obra sólo puede ser realizada con la autorización de sus titulares, salvo excepción prevista por la ley. Diríjase a CEDRO (Centro Español de Derechos Reprográficos, www.cedro.org) si necesita fotocopiar o escanear algún fragmento de esta obra.

IMPRESO EN MÉXICO / *PRINTED IN MEXICO*

Al sorprendente Ed.
Muero por que tengas la edad para leer este libro

Intro

"American Idiot"
Idiota americano

—Green Day

—No me mates.

A trescientos metros de altura, en el viento de noviembre, es difícil pronunciar adecuadamente, en especial con el cañón de una Glock nueve milímetros embutido en tu boca. No te hablan de estas cosas en el Travel Channel.

Gobi saca la automática de entre mis labios. Sus ojos brillan. Pienso en lo que me dijo cuando estábamos en Venecia, lo que dijo en el hotel aquella noche. Ahora parece que todo eso hubiera sucedido hace mucho tiempo.

Ella sonríe, con el rostro sucio de sangre y labial. Allá abajo, las luces azules en el Campo de Marte destellan contra la estructura de acero de la Torre Eiffel, deformadas por la lluvia. Sobre su hombro puedo ver a los gendarmes al otro lado del mirador, con sus armas automáticas, que nos gritan en el idioma del amor. De los dos años que tomé francés con la señora Garvey, apenas recuerdo lo suficiente para descifrar "policía" y "ríndanse".

—Aš tave myliu —dice Gobi. Estira su mano libre para retirar el cabello mojado de mis ojos. Sus dedos están helados—. Tu cabello se está enmarañando, mielasis —y vuelve a apuntar la pistola a mi cabeza.

—*Sólo dime qué hiciste con mi familia* —ahora estoy suplicando y no me importa cómo suene—. *Sólo dime en dónde están.*
—*Lo siento* —un clic casi inaudible se escucha—. *Au revoir.*

1

"All These Things That I've Done"
Todas esas cosas que he hecho

—The Killers

—¿Me extrañaste? —preguntó ella.

Me incliné para besar el helado que tenía en su labio superior. Maple con chocolate, el mejor sabor en el universo conocido, sin duda.

Estábamos de pie, descalzos, junto a las mesas para picnic cerca del Twin Star en la Ruta 26, mirando las olas grises de octubre romper en la playa.

Paula y yo.

Era otoño, la mejor época del año para esta maltrecha extensión de playa que Connecticut comparte con el mar. A nuestro alrededor, el resto de la playa estaba desierto, era una curva de arena, larga y sin prisas, con hierbas de mar y pedazos de cercas de madera, arrastrados y arrojados de un lado al otro durante décadas por el rudo clima del Atlántico. En el verano este lugar era asaltado por familias y niños, adolescentes, ciclistas, parejas. Incluso mis padres habían tenido aquí una cita alguna vez, según la leyenda familiar. Ahora todo parecía agradablemente encantado, el estacionamiento estaba casi vacío y los baños ya cerrados por temporada; quedábamos sólo nosotros dos y el tipo detrás del mostrador de los helados, ansioso por colocar su letrerito escrito a mano: ¡NOS VEMOS EL próximo verano! en la ventana. Muy arriba sobre nosotros, las gaviotas, que chillaban y daban vueltas en el cielo plomizo, sonaban perdidas y lejanas.

Paula se abrazó a sí misma y se estremeció.

—Hace frío.

—Toma —me quité mi sudadera de Columbia y se la puse alrededor de los hombros—. ¿Mejor?

—Todo un caballero, siempre —sonrió y miró hacia la playa con su teléfono celular todavía en la mano después de la llamada que acababa de terminar—. Y entonces, ¿quieres escuchar las grandes noticias?

—Creí que nunca lo dirías.

—Creí que nunca lo pedirías.

—Lo pido oficialmente.

—Acabo de hablar con Armitage... y quiere contratar a Inchworm... —hizo una pausa para hacerme esperar todavía una décima de segundo más— para una gira completa.

—¿Europa?

—Doce ciudades, dieciocho días.

—¡Santo cielo! —me reí y ella me abrazó y yo la abracé, la levanté y le di vueltas en el aire—. Paula, es increíble.

—¡Lo sé! —en su boca había florecido una gran sonrisa, y observé las once pecas que poblaban su tabique nasal. Las había contado el mes pasado, cuando estábamos esperando en la fila para una de las atracciones de Six Flags.

—¿Cómo fue?

—Te dije que las nuevas canciones eran magníficas, Perry. Armitage escuchó tu demo y se fue de espaldas —ahora ella apretaba mis manos entre las suyas, y saltaba de arriba abajo sobre las puntas de los pies con emoción. Las uñas de sus pies estaban pintadas en un tono ciruela muy oscuro, casi negro, y se veían geniales contra la arena, diez pequeñas teclas negras, como las que se usan para tocar *ragtime*—. Los quiere contratar para una gira de doce ciudades, empezando en Londres el

29, luego Venecia, París, Madrid... —Paula levantó su celular y tocó la pantalla—. Tengo las fechas aquí.

—Es increíble —le dije—, no puedo esperar para ver Europa contigo.

Suspiró suavemente, y sus hombros se cayeron un poco.

—Eso quisiera.

—¿Qué? ¿Tú no vienes?

—Armitage me necesita aquí, en Nueva York, y debo estar de regreso en el estudio a principios de diciembre. Moby va a grabar un álbum nuevo en Los Ángeles y... —vio mi expresión—. Hey, a lo mejor me puedo escapar a París un fin de semana.

—Me encantaría.

—Perry, éste es un gran paso para ustedes, si esto funciona...

—No lo podría haber hecho sin ti —sonreí.

—Ni lo digas.

—Es en serio —le dije—, tú hiciste que esto fuera realidad.

—Bueno, es dulce que lo digas —sus ojos azules brillaban, aparecían y desaparecían conforme el viento hacía volar su cabello sobre su cara. Había pasado casi todo el verano en Los Ángeles y de alguna manera conservaba su bronceado en el otoño, lo que la hacía verse aún más rubia en contraste—. Pero todos sabemos de quién es el crédito.

—Ya basta.

—Tú escribiste todas esas canciones, Perry.

—Norrie y yo las escribimos juntos.

—Entonces, Norrie y tú son los nuevos Lennon y McCartney —dijo—, y ahora toda la Unión Europea va a ser testigo de su genio.

—Esto es increíble.

—Lo sé —frunció un poco el ceño al notar algo de aprensión en mis ojos—. ¿Qué sucede?

—Nada, son grandes noticias.

—Stormaire...

Sonreí.

—Sólo que me gustaría que fueras conmigo, es todo.

—Eres adorable —me besó de nuevo, fue un beso largo, sentí su boca cálida y suave contra la mía, su cabello acariciaba mis orejas, me hacía cosquillas.

—Lo sé.

Entonces me miró. Habíamos estado saliendo menos de tres meses, pero yo ya le había contado todo y ella podía leerme como un libro abierto.

—Europa es un continente grande, Perry.

—Lo sé.

—Ni siquiera sabes si está allí.

—Cierto.

—No es que vayas a encontrártela.

—Yo nunca dije...

—No tienes que hacerlo.

—Ni siquiera lo había pensado.

—Existe una razón por la que no los estoy enviando a Lituania —dijo Paula, y apretó mi mano—. Vamos, tengo frío. Caminemos.

2

"Ever Fallen in Love"
Te has enamorado

—Buzzcocks

Paula y yo nos habíamos conocido a principios de agosto, en una fiesta en Park Slope, poco después de haber visto a Gobi en los escalones de Columbia por última vez. Resultó que yo no conocía a mucha gente en la fiesta, era una de esas situaciones en las que sólo conoces al amigo de un amigo que ni es tan amigo. En fin, alguien hacía sonar canciones de Elton John en su turno al iPod y yo estaba a punto de marcharme cuando oí una voz que nunca había escuchado:

—Hola —así fue como empezó, con una voz sobre mi hombro, que sonaba rasposa, desconocida y divertida—. Tú eres el chico —dijo la voz.

Me di la vuelta y al verla, mi cerebro realizó inmediatamente un montón de cálculos. Sobre una pizarra se habría visto así:

```
(rubia) + (ojos azules) x (cuerpazo)
       = ni lo intentes
```

Sin embargo, aquí estaba esta mujer, un poco mayor que yo, y mucho más sexy, que no solamente me miraba, sino que parecía realmente interesada en mí.

—¿Disculpa?

—Vi tu foto en el *Post* —dijo—. Tú eres Perry Stormaire, ¿cierto?

—Sip.

—Tu casa es la que explotó.

—Ajá.

—Eso estuvo de locos.

—Sí —dije, porque nunca sé qué decir en estas situaciones. Se refería a lo que había ocurrido en la noche de mi baile de graduación, tres meses antes, cuando una estudiante lituana de intercambio que había estado viviendo en nuestra casa, una chica llamada Gobija Zaksauskas, resultó ser una asesina a sueldo. Con la pistola de Gobi en mi cabeza, habíamos pasado la noche a toda velocidad por la ciudad de Nueva York en el Jaguar de mi padre, mientras ella ajusticiaba a sus víctimas una por una, hasta terminar con hacer explotar mi casa. Describir la noche como "de locos" se podría considerar como un insulto a los enfermos mentales.

—¿Tu familia está bien?

—Sí.

—¿Y nunca encontraron el cuerpo de esta mujer?

—Fue devorado por las llamas —dije—. Eso es lo que creo, en todo caso.

—Vaya —nos quedamos así un momento, y luego ella pareció darse cuenta de que no se había presentado—. Soy Paula Daniels.

Extendió la mano y yo la estreché sonriendo, en esa peculiar forma que tienen las personas de darse la mano cuando están flirteando, y entonces me di cuenta de que eso era lo que estábamos haciendo. Cuando un par de personas pasaron junto a nosotros camino a la puerta, Paula se acercó un poco más, rozó su hombro desnudo contra mi brazo, y el ruido de la fiesta pareció disolverse, como si solamente estuviéramos nosotros dos de pie allí, hablando. Algo pasó justo en ese momento. Fue como cuando dejas de preocuparte por la forma en que avanzas sobre tu bicicleta y simplemente te dedicas a pedalear.

—¿Puedo hacerte una pregunta personal?

—Claro.

—¿Fue todo verdad?

—¿Estás bromeando? —le dije—. Yo no podría haber inventado todo eso.

—Eso creí —una pequeña sonrisa danzó por la comisura de sus labios e hizo eco en sus ojos, con un brillo que yo casi podía escuchar, como la suave campana de un mensaje de texto que recibes en tu teléfono—. Me enorgullezco de mi capacidad para separar la verdad de las tonterías.

—Ése es un talento escaso —dije.

—No tan rentable como solía ser.

—Quizá deberías ser detective.

Se rio, con una risa natural y sencilla.

—Apuesto a que te lo preguntan todo el tiempo.

—¿Qué?

—Eso, si fue verdad o mentira.

—De hecho, no —le dije—. Es raro, pero a la mayoría de la gente parece no importarle en realidad.

Y era verdad. Habían leído en los periódicos lo que nos había pasado a Gobi y a mí en la noche de graduación en Nueva York, y lo habían visto en la tele, habían publicado al respecto en blogs, lo habían compartido por Facebook, le habían dado *like* y lo habían tuiteado a sus amigos. Por lo que respecta al público, lo que nos pasó esa noche fue verdad, un caso más de verdad improbable que se había vuelto viral en un mundo post-MTV, y al parecer todo el mundo lo aceptó y continuó con su vida.

—Así que no eres detective —dije.

—No.

—¿Qué más haces, además de leer el *Post* y acudir a fiestas en Brooklyn?

Sonrió y levantó una ceja.

—¿Acaso hay algo más en la vida?

—Depende de a quién le preguntes, creo.

—Muy bien. La verdad es que trabajo en la industria de la música.

Mi corazón dio un pequeño salto en mi pecho, porque esta conversación parecía estar entrando en el terreno de lo Demasiado Bello para Ser Verdad.

—¿En serio?

—Sí.

—Vaya —dije—, es curioso, porque yo toco en una especie de banda.

—Inchworm —asintió Paula—. Lo recuerdo del artículo en el *Post*.

—Sí —empecé a pensar que realmente podía enamorarme de esta chica—. Bien, bueno... decidimos postergar nuestro ingreso a la universidad un año, sólo para ver si podemos hacer algo con esto. Y si no... —me encogí de hombros.

—Si no lo intentas, nunca sabrás.

—Exacto —asentí.

—Deberías enviarme tu demo.

—¿En serio?

—Por supuesto, trabajo para un promotor europeo, George Armitage...

—¡Espera un momento! —dije—. ¿*El* George Armitage?

—El mismo.

—¿Es una broma? Armitage es algo así como el mejor promotor en el mundo actualmente, desde el festival Enigma en el Reino Unido, el año pasado, además de que tiene su propia aerolínea. ¿De verdad trabajas para ese tipo?

Paula sonrió.

—Bueno, soy una especie de enlace entre él y las disqueras. Técnicamente, estoy en la nómina de Armitage, pero paso la mitad de mi tiempo en Los Ángeles, trabajando con bandas nuevas en el estudio. Es una especie de puesto que inventé para mí.

—Suena maravilloso.

—Crecí en Laurel Canyon —Paula levantó una mano y se acomodó un mechón de cabello detrás de la oreja—. Mi padre estaba en A&R. Trabajó con todas las leyendas, Fleetwood Mac, Steely Dan, The Eagles... Madonna y Sean Penn prácticamente firmaron su divorcio en nuestra alberca. Lo llevo en la sangre.

Y así fue como empezó. La gente habla del destino y la suerte y la mera casualidad, y aun ahora no estoy seguro de lo que pienso al respecto, pero lo que sí puedo decir es esto: en las semanas y meses en que Paula y yo estuvimos juntos, descubrí que era tan segura, ambiciosa, imaginativa y divertida como lo fue esa primera noche, y conforme la conocí mejor, se me fueron acabando los adjetivos para describirla. Era la mezcla de todos los sabores, la clase de persona que si entra en un mercado de barrio en medio de una conversación sobre el cine soviético de los años cuarenta, ella levanta dos plátanos sobre su nariz y pretende que son sus cejas.

Y era increíblemente hermosa, totalmente fuera de mi alcance. La clase de chica sobre la que escribes canciones. Tenía veintidós y yo dieciocho.

Una vez más, históricamente, tiendo a preferir mujeres mayores.

3

"Is There Something I Should Know?"
¿Hay algo que debiera saber?

—Duran Duran

Qué tal el sexo???

Tomé mi iPhone. Ya sabía que el mensaje era de Norrie antes siquiera de ver la pantalla. Era el único que me escribía, a pesar de que nos veíamos prácticamente a diario en los ensayos. Todos los demás, incluidos Sasha, nuestro cantante, y Caleb, nuestro guitarrista, sólo llamaban.

Increíble, escribí.
Cómo increíble?
Tántrico.

Una larga pausa, y luego:

Todavía nada, vdd?

—¿A quién le escribes? —preguntó Paula desde el asiento del conductor.
Apagué el teléfono y lo metí en mi bolsillo.

—Norrie.

—¿Ya le dijiste?

—Le dije que hay una reunión de la banda en mi casa en una hora. Quiero que sea una sorpresa. A menos que Linus ya haya hablado con ellos.

Linus Feldman era nuestro representante, un tsunami judío de 1.60 metros y 50 kilos que había arribado el verano pasado desde algún lugar lejano en Staten Island. Era un legendario representante de la vieja escuela, un veterano con cicatrices de años, desde la época del go-go en los ochenta, cuando el rocanrol parecía generar millonarios a razón de uno por semana. Desde el momento en que salió de su semirretiro para representar a Inchworm, había estado esperando que alguien intentara aprovecharse de nosotros para poder arrancarle la cabeza. A la fecha, para su gran decepción, habíamos sido tratados con un nivel de justicia y respeto sin precedentes.

—No estoy segura de que a Linus le entusiasme mucho la idea.

—¿Una gira en Europa? ¿Cómo podría no entusiasmarle?

—Tiene sus propias ideas sobre la banda —dijo Paula—. Ya veremos cómo salen las cosas.

Activó la direccional izquierda y viró hacia la carretera; yo veía el mar desaparecer en el espejo lateral, cada uno perdido en sus pensamientos.

Revisé mi teléfono para ver si había recibido más mensajes, pero el último era de Norrie, donde me censuraba por no haberme acostado todavía con Paula. Por desgracia, tenía razón. Paula y yo habíamos pasado horas en el sofá, nos habíamos besado hasta que los labios se nos habían quedado dormidos, y habíamos hecho un montón de cosas más, básicamente todo lo que podía hacerse, pero el Acto en Sí seguía sin ser ejecutado.

Definitivamente no era culpa de Paula. Ella había dejado bastante en claro que estaba lista para cuando yo lo estuviera, lo que me imagino que me convertía en uno de los peores tipos para *cerrar el trato* de todos los tiempos. Durante toda la secundaria y la preparatoria, lo único en lo que pensaba era en el día en que por fin me olvidara del problema de la virginidad. Ahora estaba Paula aquí, con un rostro para morirse y un cuerpo increíble; una mujer con experiencia, esperando pacientemente dispuesta a enseñarme. Yo no tendría siquiera que abrirme paso con rodillas y codos en la danza de la iniciación sexual, como lo habían hecho en la generación de mis padres, quienes codificaron en malas letras de baladas glam ochenteras su propio Kama Sutra. ¿Exactamente qué le dices a una chica que te ha estado *sacudiendo* toda la noche? ¿Y que derrama tanta *miel*, por pegajoso que suene?

Éramos una generación iluminada. Chow había perdido su virginidad con su novia desde el segundo año de la preparatoria; Sasha y Caleb nunca habían tenido problemas para anotar (*Amigo*, dijo Sasha una vez, con total sinceridad, *¿y para qué te imaginas que pertenecemos a una banda?*), y hasta parecía que Norrie ya lo hacía muy rutinariamente con su novia actual. Y ahí estaba yo, paralizado en la línea de salida, esperando. ¿A qué? ¿Al verdadero amor? ¿Una señal de Dios? ¿Un largo fin de semana en París?

Lo que necesitaba era terapia, y mucha. Mientras tanto, me preguntaba si habría algún programa de Vírgenes Anónimos en el sótano de alguna iglesia, o al menos un culto en el sur de Connecticut que tuviera necesidad de un célibe de nacimiento para ser sacrificado.

A lo largo de todo esto, Paula se mantuvo dulce y serena al respecto. Siempre decía que esperaría a que yo estuviera listo. Pero ¿cuánto tiempo transcurriría antes de que su expectativa se convirtiera en exasperación?

En tanto, yo intentaba evitar el tema.

Era un gran plan, y a veces casi funcionaba.

4

"The Loved Ones"
Los que amamos

—Elvis Costello
and the Attractions

Cuando regresamos a casa, mamá estaba en la cocina con su computadora y una copa de vino. Nos habíamos mudado a la casa durante el fin del verano, los trabajadores seguían terminando el anexo junto a la cochera, y había azulejos de colores sobre todas las superficies, dos mil tonalidades distintas de blanco. Parecía un concierto de Michael Bolton en la mesa de nuestra cocina.

—Hola, Perry. Hola, Paula. ¿Cómo les fue en la playa?
—Muy bien.
—Siempre me ha encantado ese lugar de la costa, en especial en otoño —su mirada caía sobre el mar de rectángulos casi idénticos esparcidos en la mesa—. ¿Qué color te gusta para el baño de arriba, cariño? ¿Isabelino o *Latte* Cósmico?
—Mamá —dije—, Paula y yo tenemos excelentes noticias.
Mamá nos miró, con el rostro repentinamente pálido de susto.
—No irán a casarse, ¿verdad?
—¿Qué? ¡No!
—Gracias a Dios —mamá tomó su copa de vino—. Bueno, tú eres realmente una persona maravillosa y genial, Paula, pero...
—No se preocupe, señora Stormaire —dijo Paula, y me guiñó un ojo. Todavía no llegaba al punto en el que pudiera

llamar a mamá "Julie" con confianza—. Durante un instante, por la forma en que lo dijo Perry, creo que casi me da un ataque a mí también.

—Entonces asumo que tampoco significa que ustedes... —mamá hizo un gesto colocando las manos sobre su vientre.

—¿Qué? ¿Hambrientos? —dije.

—Sabes a lo que me refiero.

—¿De verdad, ma?

—Cariño, lo siento, pero ésos son los pensamientos que corren por la mente de una madre —y antes de que pudiera preguntarle por qué permitía que sus pensamientos salieran tan descuidadamente de su boca, ya estaba de regreso en su computadora, tecleando a toda velocidad—. ¿Saben? Estaba pensando en que, como va a ser nuestro primer Día de Gracias en la casa nueva, y dado que tu familia está en California, quería preguntarte, Paula, si te gustaría pasarlo con nosotros este año.

Respiré profundo.

—Quizá yo no esté aquí para el Día de Gracias.

El ruido del teclado cesó. Desde donde estaba podía ver que estaba actualizando su página de Facebook, y en el silencio podía sentir que su estado cambiaba.

—¿Cómo?

—He intentado decírtelo.

—¿Decirnos qué? —ése era papá, que bajaba las escaleras con su iPhone en la mano y el *Times* bajo el brazo. De inmediato, luego de leer la intranquilidad en el clima emocional del lugar, se dirigió a mi madre—. ¿Pasa algo?

—No lo sé —mi madre me miraba y dos manchas rojas aparecieron en mis mejillas—. Tú hijo no me lo ha dicho aún.

—Perry —mi padre usó su voz de abogado—, ¿qué sucede?

—Miren —empecé, y ése habría sido quizás un buen comienzo, pero en ese momento, una oxidada van Econoline arribó rechinando frente a nuestra casa, y vi a Norrie y a Caleb saltar y empezar a acarrear sus estuches de guitarra y batería en dirección a la cochera, con el incuestionable sentido de propósito que viene de no ser capaz de ir a ningún lado sin cargar con doscientos cincuenta kilogramos de equipo. Habíamos estado usando mi casa para ensayar las últimas semanas, y ellos habían asumido que mi llamado a junta esta noche sería igual que siempre.

—Debería hablar con ellos.

—Quizá deberías esperar —dijo Paula.

—¿Por?

Señaló la ventana, aunque no era necesario. No había modo de confundir la gárgara tuberculosa del vehículo que se acercaba por la calle y que se estacionó detrás de la van y del auto de Paula. Linus Feldman conducía un Olds 88 de 1996 color vino, con un chasís cuya pintura estaba tan deslavada que podía verse el color original, parecía un viejo moretón. El coche le servía a Linus también como oficina, por lo que en el asiento del copiloto normalmente estaban desparramados correspondencia no contestada, contratos en litigio y volantes de nuestros conciertos, pasados y futuros. Al salir del auto, le siguió un torbellino de papeles y vasos vacíos de Starbucks.

—¡Stormaire! —bramó a través de la puerta principal sin molestarse en tocar—. ¿Está Paula aquí? ¡Tráeme acá a esa zorra hipócrita inmediatamente!

Paula suspiró.

—Hola, Linus.

—¿Linus? —papá parpadeó—. ¿Qué hace él aquí?

Habiendo anunciado con bombo y platillo su llegada en términos indudables, Linus permaneció en la entrada, con los brazos cruzados y el aire de un hombre que podría esperar por siempre. Flotaba en un saco de pana con coderas de gamuza y pantalones caqui, y su cabello ligero, blanco y esponjoso como las palomitas de maíz, parecía crecer hasta duplicarse y triplicarse con la mera ferocidad de su indignación.

Abrí la puerta.

—Hola, Linus.
—¿Tú firmaste este contrato?
—No, yo...
—Pero lo has visto.
—Un contrato, ¿para qué? —preguntó papá, alternando su atención entre Linus y yo. Él sabía que Linus era abogado como él, una hermandad con una coincidencia que idealmente les podría permitir usar alguna especie de código profesional, aunque en las pocas ocasiones en las que se habían visto, éste parecía funcionar del modo opuesto, con señales cruzadas e interferencia en las frecuencias entre ellos—. Perry, ¿qué está pasando?
—Tranquilízate, Linus —intervino Paula—. Tranquilicémonos todos.
—No me des órdenes, Yoko —Linus sostenía un papel en la mano, y lo agitaba frente a nosotros como si fuera una orden de arresto—. ¡Un correo electrónico de la asistente de George Armitage! ¿*Así* es como me entero yo de que te llevarás a Inchworm de gira por Europa?
—Eso fue un descuido —dijo Paula—. Se suponía que George me daría tiempo de comunicárselos.
—Es completamente inaceptable.
—Un momento...
—¿Europa? —dijo mamá—. Perry, ¿cuándo planeabas decirnos?
Papá intentó tomar la hoja de papel de la mano de Linus.
—¿Me permites verlo, por favor?
—Estos términos son absurdos —dijo Linus, ocultando el correo antes de que ninguno de nosotros pudiera verlo—. Puedes decirle a George Armitage que tome su contrato y se lo meta por...
—Perry nunca ha salido del país —dijo mamá.
—No es verdad —dije yo—. Fui a Toronto, al festival Shakespeare en mi segundo año. Y todos fuimos a Paradise Island el año pasado en Navidad. Mi pasaporte está vigente.

—Bueno —Paula respiró profundamente—, con todo respeto, creo que nos estamos enfocando en el ángulo equivocado.

—Por una vez, estamos en perfecto acuerdo —Linus puso su brazo alrededor de mi hombro y me apartó, bajando la voz—. Perry, sabes que te respeto; sabes que quiero lo mejor para la banda. Haría todo por ti, siempre —sostuvo su cabeza como si ésta fuera a estallarle—. Pero estos términos...

—¿Y si todos vamos contigo? —dijo mamá—. No te molestaríamos, y tú podrías tocar...

—Alto —era Annie, que venía de su recámara en el piso de arriba, en donde aparentemente había estado monitoreando toda la conversación a través de los ductos de ventilación—. ¿Iremos a *Europa*?

En ese momento, toda el ala este de mi casa estalló con el fuerte sonido de la batería y la guitarra, lo que significaba que Caleb y Norrie se habían conectado y ensayaban a todo volumen, en espera de que yo arribara. Sasha, nuestro vocalista, todavía no llegaba, siempre era el último en hacerlo, y desde que se había comprado una motocicleta Indian *vintage*, que se averiaba a veces sí y a veces también, no era raro que llegara en el Volvo de su mamá, o incluso en bicicleta.

—Reunión familiar —Annie pasó a mi lado, en una nube de olores de perfumes y tratamientos para el pelo—. Ah, hola, Linus —dijo, y luego miró a papá—. ¿Iremos a Europa?

—No —contestó papá.

—¿Y por qué Perry sí irá?

—No te preocupes, cariño —dijo Linus, mirando sobre su cabeza a Paula—. Tío Linus no va a dejar que una mujer malvada se lleve a nadie a Europa por unas cuantas migajas.

—Perry saldrá de gira con su banda —dijo mamá—, ¿no es eso emocionante?

Annie entornó los ojos.

—Me estremezco —la ironía era su nueva cátsup, la ponía encima de todo.

—Creo que le echaré un vistazo al contrato —dijo papá mientras buscaba sus lentes, que no estaban en el bolsillo de su camisa.

—No se moleste —dijo Linus, y sus manos se desplazaron de su cabeza a su estómago. Su ola inicial de indignación parecía haberlo dejado con una especie de dispepsia crónica—. Sólo deje que le pateen la entrepierna y se dará una idea.

—Linus —dijo Paula—, yo sé que éste es tu método preferido de negociación, pero...

—¿*Negociación?* —se lamentó Linus, lanzado hacia atrás en el verdadero apogeo de la incredulidad—. ¿Con qué hay que negociar? ¿Cómo se supone que yo negocie con *nada*?

—En caso de que no lo hayas notado —dijo Paula, colocando su brazo a mi alrededor—, yo estoy del lado de Perry, estoy loca por él.

—Vaya, qué maravilla; eres buena, chica —agitó las manos hacia cualquiera que lo estuviera escuchando—. Eres *muy* buena. Esto es peor que el Victory World Tour de los Jacksons en 1984, cuando tuvimos que dejar a Tito en Vancouver.

—Linus, es suficiente —dije yo—. Sólo escucha lo que ella tiene que decir, ¿de acuerdo?

—Así es como empieza —gimió Linus—, así es como empieza siempre.

En la cochera, el sonido de la guitarra y la batería se había detenido, y escuché a Caleb y Norrie dando de tumbos dentro, con sus bebidas en la mano, para acercarse a ver qué me estaba demorando. Vieron a Linus de pie junto a Paula y mis padres, y se detuvieron en seco.

—¿Qué onda? —dijo Norrie—, ¿qué hay?

—Creo que podrán ver que los términos y condiciones son los que se usan con toda banda que no tenga historial internacional —dijo Paula—. Armitage está trabajando con fabricantes de artículos promocionales y camisetas, y en la exposición de Inchworm...

Caleb parpadeó.

—¿De qué habla, Perry?

Al escuchar un rumor en la calle, vi por la ventana que Sasha había llegado. Vestía pantalones de cuero y una boa de plumas, y pedaleaba sobre su vieja Schwinn de doce velocidades, lo que significaba que su motocicleta se había estropeado de nuevo y ahora mismo estaría escurriendo aceite en algún rincón de la cochera de su mamá, pero, por una vez, esta clase de contratiempo no parecía molestarle en absoluto. En cambio, saltó de la bici en movimiento, dejando que ésta cayera estrepitosamente entre los contenedores de basura, y derrapó su calzado sobre los escalones de la entrada. Irrumpió en la casa y nos miró a mí, a Caleb y a Norrie con una gran sonrisa en el rostro.

—¿Ya se enteraron? —empuñó las manos—. ¿Les dijo Linus? ¡Nos vamos a Europa, perras!

—Espera —dijo Caleb—, ¿quéeee?

La boca de Norrie se abrió.

—¿Es en s-serio?

—¡Claro que sí! ¡La primera gira mundial de Inchworm! Dice Linus que una vez que negocie el contrato, nos va a poner en la cima, y... —se dio la vuelta—. Ah, hola, Linus.

Linus dejó caer el rostro en sus manos. Podía escuchársele murmurar a través de sus dedos, pidiendo fortaleza para perseverar ante los insuperables obstáculos; el primero de ellos, la banda que había accedido a representar.

—Entonces —dijo Paula—, ¿puedo llamar a Armitage y decirle que tenemos un trato?

5

"You Are a Tourist"
Eres un turista

—Death Cab for Cutie

—Hombre —dijo Norrie—, ¿alguien más siente como si ya lle-lleváramos, digamos, unos di-diez años haciendo esto?

Eran las 8:30 de la noche, hora de Italia, y la gira europea de Inchworm acababa de llegar a la estación Santa Lucía de Venecia; es decir, estábamos arrastrando nuestro equipo por la plataforma, habiendo pasado la mayor parte de los últimos días en el tren jugando con nuestras consolas Nintendo DS e intentando no perder la cordura.

El tiempo se había convertido en algo difuso. Con Linus a la cabeza, habíamos abandonado Londres el día anterior al mediodía, tomamos el Eurotúnel hacia París, y después del almuerzo nos dirigimos a Venecia.

Las cosas habían empezado un poco flojas. En nuestra primera tocada en Londres, Caleb no hallaba su Stratocaster, Norrie seguía enfermo por la comida del avión y la mitad de nuestros amplificadores no eran aptos para el voltaje europeo. Tras bambalinas, es decir, en el *backstage*, Linus ya había abierto un surco en el suelo del vestidor, de tanto caminar de un lado al otro fumando sin parar una extraña marca de apestosos cigarrillos británicos, mientras le aseguraba a todo mundo que las cosas iban a salir bien. Afuera, la multitud comenzaba a inquietarse mientras los técnicos jugueteaban con los amplificadores. Finalmente, a las 9:15, Sasha se levantó, mandó todo al carajo y dijo que no sabía lo que nosotros pensábamos, pero que él no había volado al otro lado del mundo para sentarse en un vestidor como si fuéramos un montón de perdedores.

Entonces saltamos al escenario a darlo todo.

Al final, nos tomó alrededor de treinta segundos darnos cuenta de algo que deberíamos haber sabido desde el principio: cuando los cuatro estábamos juntos, no importaba en dónde tocáramos, fuera Nueva York, Londres o la Luna, todo se reducía a ese preciso instante de nuestras vidas. Cuando nos encontrábamos sobre un escenario, éramos capaces de incendiar hasta el mismísimo océano.

Aun con la mitad de los amplificadores inservibles, la guitarra de Caleb gemía y expulsaba sus solos como si fuera el instrumento del propio Diablo; Sasha hacía unos movimientos que nunca le habíamos visto, alimentando a la multitud de a poco hasta que gritaban pidiendo más, y Norrie hacía sonar su batería como si explotaran en ella cientos de petardos. Rugimos a lo largo de todas las canciones de nuestro repertorio, incluyendo algunas nuevas que sólo habíamos practicado un par de veces, hasta que incluso los de seguridad se acercaron y empezaron a bailar. Como a la mitad del *show*, volteé a mirar a Norrie y vi que él me sonreía, como el reflejo perfecto de una sensación ligeramente aturdida de asombro. *Está pasando*, pensábamos los dos, exactamente al mismo tiempo. *Carajo, esto en verdad está sucediendo.*

Adelante, Sasha lanzó su grito de guerra navajo y una patada voladora de helicóptero que pasó rozando el pedestal del micrófono.

—¡Hola, Reino Unido! —gritó—. ¡Somos Inchworm y los venimos a rockear! ¿Están listos?

El lugar se volvió un manicomio. Finalmente, después de tocar casi durante tres horas sin interrupción, y de cerrar el espectáculo con un ardiente *cover* de "If the Kids Were United", de Sham 69 —que hizo que todo mundo se pusiera de pie y cantara con la banda—; bajamos a traspiés del escenario, exhaustos y empapados de sudor, sonriendo como idiotas, y nos derrumbamos en un taxi para regresar al hotel con un par de chicas de la primera fila. Le llamé a Paula a Nueva York y le conté cómo había estado, mientras Sasha sacaba la cabeza por la ventana y gritaba: *¿Quién quiere volver a hacer esto?*

La decisión fue unánime.

Ahora, cuarenta y cuatro horas más tarde, estábamos en Venecia. A dos pasos del tren, Norrie dejó caer su bolsa de equipaje en la plataforma junto a la de Caleb y él se desplomó sobre ella como si fuera una almohada para todo el cuerpo, se cubrió el rostro con una gorra de beisbol y cerró los ojos. Linus tuvo que abrirse paso en la estación para comprar boletos para el taxi náutico y Sasha se había ido con él, listo para cazar chicas italianas. De nosotros cuatro, era el único que parecía contar con una cantidad ilimitada de energía, impulsado por la libido de un rinoceronte adolescente.

Yo buscaba en mi mochila un último Red Bull cuando el teléfono comenzó a sonar. Miré la pantalla y vi un número internacional que no reconocí.

—¿Hola?
—¿Perry?
—Sí.
—Aquí George Armitage, ¿cómo estás, amigo?

Me puse de pie un poco más erguido, sintiéndome de pronto más despierto.

—Eh, estoy... bien.

A pesar de todo el tiempo que había estado con Paula y hablado de Armitage, cómo era y esas cosas, nunca había hablado con él directamente.

—¿Cómo va la gira hasta ahora?

—Genial, estuvimos en Londres, fue... increíble.

—Espléndido. Me encantaron las nuevas canciones, en verdad. Las críticas del *show* en Londres estuvieron espectaculares. Ustedes van a ser un gran éxito, lo sabes, ¿verdad?

—Gracias —dije. Frente a mí, Caleb y Norrie estaban despatarrados sobre sus maletas. Parecía que habían caído en un estado de coma coordinado. Norrie babeaba.

—Ahora están en Venecia, ¿verdad? —preguntó Armitage.

—Así es, acabamos de llegar.

—Brillante, brillante. Me encantaría estar allí para enseñarles la ciudad.

—Eso sería genial.

Por una fracción de segundo jugué con la idea de preguntarle en dónde estaba, pero logré evitar que las palabras salieran de mi boca. De acuerdo con Paula, George Armitage era un hombre profundamente reservado. Si lo googleabas, y ya lo habíamos hecho, leías que había nacido británico pero había renunciado a su nacionalidad, y pasaba la mayor parte de su tiempo viajando, y que era un magnate de los medios. Nadie estaba realmente seguro de dónde provenía todo su dinero. En años recientes había extendido sus operaciones globalmente y se había convertido, para todo fin práctico, en su propia nación soberana. Manejaba su propia compañía de producción, un grupo editorial y una aerolínea. Bajo cualquier contabilidad, tenía más dinero del que podía gastar.

—Si necesitan cualquier cosa mientras están de viaje, espero que no dudes en pedirla.

—Gracias —dije, incapaz de sacudirme la sensación de que debía haber alguna otra razón por la que él había decidido a llamar. No tuve que esperar mucho para averiguarlo.

—Por cierto, no quería apresurarme, pero a este paso, puede que al terminar la gira les ofrezca un trato para grabar en estudio.

Sentí que el corazón se me paralizaba.

—¿En serio?

—Claro —dijo Armitage—. Pregúntale a Paula. La última banda para la que organicé una gira vendió seis millones de discos en los primeros dos meses. Las leyendas se forjan en el fuego. Hablaremos pronto. Hasta luego.

Dije adiós, me di la vuelta y pateé la bolsa de equipaje de Norrie hasta que éste se levantó sobre los codos, parpadeó y me enseñó el dedo.

—¿Q-qué rayos te pasa, Stormaire?

—George Armitage me acaba de llamar. Quiere que grabemos.

—¿A-armitage? —Norrie se me quedó viendo. De pronto ya no parecía ni remotamente cansado.

Caleb se sentó a su lado.

—¿*Qué? ¿Ahora?*

—Vamos —dije—, tenemos que encontrar a Linus.

Los dos se pusieron de pie y cargaron con sus bolsas, yo levanté el estuche de mi bajo y los seguí, mientras mi cabeza daba vueltas por lo que Armitage había dicho y por el abrupto influjo de ruido y conmoción de la estación de trenes.

6

"Another Girl, Another Planet"
Otra chica, otro planeta

—The Replacements

Todo sucedió tan rápido que casi no me di cuenta hasta que había terminado. En un momento estaba siguiendo a Caleb y Norrie por las puertas automáticas que se deslizaban hacia la terminal principal y al siguiente, estaba solo entre la multitud.

Me giré y miré en la dirección por la que venía, pensando que quizá de alguna manera me había adelantado, pero tampoco estaban atrás. A mi izquierda había una cafetería grande, y a mi derecha, una hilera de ventanillas. No veía a Linus ni a los otros por allí. La gente corría en todas direcciones, jalando sus maletas, cargando mochilas. Nadie me resultaba familiar.

Diez minutos en Venecia y ya estaba perdido.

Salí de la estación y bajé los escalones que llevaban al Gran Canal. Entonces me detuve en seco.

Hasta ese momento me di cuenta de que en verdad estaba en una ciudad que tenía ríos en vez de calles y barcas en vez de autos. Había intersecciones, pasajes y puentes, con góndolas atadas a ellos. Por encima de puertas y escalones medio sumergidos, vi antiguos hoteles de piedra y palacios en ruinas hundiéndose en la laguna. Sobre la superficie estaba la niebla, las gaviotas bajaban en picada y remontaban el agua, sus vientres blancos brillaban para luego desaparecer en la oscuridad.

Compré un pase de 24 horas para el *vaporetto*, abordé el siguiente, y llamé a Norrie.

—Hey, loco, ¿q-qué te pasó? —dijo—. Creímos que te habíamos perdido para siempre.

—Estoy bien, sólo los perdí en la estación de trenes.

—¿D-dónde estás?

—En el Gran Canal.

Estaba de pie sobre la cubierta de un *vaporetto* con mi maleta y el estuche del bajo, canal abajo. Arriba, altos arcos góticos y estatuas decrépitas pasaban lentamente a cada lado, iluminadas desde dentro como si estuviera en una atracción de Los Piratas del Caribe. Define *aburrido*: yo estaba en Venecia y todo lo que podía pensar era en Disney World.

—Los veo en el hotel.

—Ma-más te vale, Linus se es-está volviendo lo-loco.

—Dile que se calme, llego en una hora más o menos.

—Es la Pe-pensione Gue-guerrato, por el Pu-puente de Rialto —dijo.

—Perfecto.

—¿Q-qué estás *ha-haciendo*?

—Viendo las luces de la ciudad.

—¡Son co-como las diez de la no-noche!

—Tranquilo, ¿de acuerdo? Llego en un momento.

Norrie guardó silencio sólo un segundo y cuando retomó el habla no había rastros de tartamudez en su voz.

—Irás a buscarla, ¿verdad?

Jalé aire. No sé si fue la incuestionable certidumbre de su voz o que habíamos sido amigos tanto tiempo, pero al instante supe que no podía mentirle.

—Quizá.

Norrie suspiró fuertemente.

—¿Y q-qué con Pa-paula?

—¿Qué con ella? —respondí, quizá demasiado rápido—. No es que la esté engañando. Probablemente ni siquiera encontraré a Gobi, pero si así fuera, sólo tomaremos un café, platicaremos un rato.

—Patrañas.

—Pues cree lo que quieras.

—É-ésa es una i-idea m-muy mala.

Tomé aliento y suspiré.

—Lo sé.

—Y-ya *sé* que sabes —dijo Norrie tristemente—. Tal como s-sé que lo vas a hacer de t-todos m-modos —guardó silencio un momento—. Mierda. Al m-menos dile q-que le enviamos saludos, y n-no te qu-quedes f-fuera toda la noche. ¡Mañana te-tenemos to-tocada!

—Está bien —dije, y colgué.

Adelante vi lo que parecía la laguna abierta, y el bote que enfilaba hacia la parada en San Marcos. En la orilla, dos tipos con largos abrigos oscuros e inmaculados zapatos de piel con la punta angosta, fumaban y bebían *espressos* en vasitos de papel junto al muelle.

—Disculpen —mi voz salió ronca y áspera, como si me estuviera dando gripa—. Estoy buscando el Harry's Bar.

—Como Hemingway, ¿sí?

—Sí —dije—, eso creo.

El primer hombre sonrió y dijo algo, luego ambos rieron.

—Perdón, no hablo italiano.

—Dijo que hasta un idiota americano podría encontrar el lugar desde aquí —respondió el otro hombre. Mientras se daban la vuelta y se marchaban, vi el letrero detrás de ellos en una ventana, en letras *art déco*: HARRY'S BAR.

Ahora que lo veía justo frente a mí, no estaba seguro de estar listo para entrar. Caminé hasta la esquina a un costado del edificio frente al canal. De pie sobre mis puntas podía ver el interior, donde un grupo de comensales vestidos a la moda estaban sentados en el bar.

Llegó el momento.

Una voz en mi cabeza susurró: *¿En verdad quieres hacer esto?*

Pero ya estaba adentro.

7

"Waiting for Somebody"
Esperando a alguien

—Paul Westerberg

Harry's era un salón largo y amarillo, cálido y seco, con mesas de madera oscura que resplandecían bajo lámparas de pared y un viejo ventilador de metal en la esquina. La barra misma apenas tenía el largo suficiente para los seis clientes que había visto tras la ventana; reunidos, charlaban y reían como si se conocieran de toda la vida. El cantinero usaba un saco de esmoquin blanco bien planchado. Cuando entré, no pronunció palabra, sólo se quedó mirando mis jeans mojados, mi rompevientos y el estuche de mi bajo a mis pies.

—¿Puede servirme un Mountain Dew o algo parecido?
—¿Mountain... qué?
—¿O una Coca-Cola?
Un suspiro
—Sí, Coca-Cola.

Me senté al final de la barra junto a un gabinete con puerta de vidrio que mostraba recuerdos a la venta, mientras me tomaba una Coca-Cola de diez euros y miraba a la puerta. No tenía idea de qué estaba haciendo allí.

Gobi y yo habíamos hablado del Harry's Bar en Nueva York, como un lugar de fantasía para reencontrarnos, algo que ninguno de los dos teníamos por real. Pero ahora que yo estaba allí, las cosas parecían diferentes y no podía dejar de pensar en lo que pasaría si ella en verdad aparecía. ¿Y si la noche que pasamos juntos fue uno de esos fenómenos que suceden una vez en la vida, una potente pero irrepetible mezcla de hormonas y pólvora que no volvería a suceder? ¿Qué nos diríamos? ¿Habría siquiera algo que decir?

—*Signore?*

Me sobresalté y al voltear, me di cuenta de que el cantinero me miraba.

—Estamos a punto de cerrar.

Vi el reloj sobre la barra. Eran cinco para las once. Parecía temprano, pero noté que los otros clientes se habían marchado o estaban poniéndose sus sacos y bufandas, pagaban sus cuentas y se despedían, listos para enfrentarse a la fría noche veneciana.

—¿Puedo quedarme unos minutos más? —pregunté.

Suspiró.

—Sí.

Allí me quedé mientras los meseros limpiaban las mesas, guardaban copas, y empezaban a apagar las luces a mi alrededor, *clic, clic, clic*. Para entonces el bar ya estaba totalmente vacío. El cantinero se irguió nuevamente frente a mí, ya con su saco puesto y el semblante rígido.

—*Signore*, lo lamento, pero debemos cerrar.

—Sí —saqué mi cartera, la tarjeta Visa de emergencia y pagué la cuenta—. Gracias.

—*Prego.*

El mesero me dejó salir y cerró la puerta a mis espaldas. La lluvia era más fuerte, el viento azotaba contra mi rostro y no había nadie en la calle frente al canal. Pensé en lo que había leído sobre que Venecia se estaba hundiendo. Adonde miraba, el agua lamía los escalones y llegaba hasta las puertas. Adelante vi a dos hombres fumando —eran los mismos con los que me había encontrado antes— salir frente a mí como si desde el principio me hubieran estado esperando.

—Así que la encontraste —dijo uno de ellos.
—¿Qué cosa?
—Tu trampa para turistas.

Di la vuelta y empecé a caminar en dirección opuesta. Otro hombre con la cabeza rasurada apareció frente a mí y me cerró el camino; su mirada brincaba de mí a los dos de atrás y a mí de nuevo. El calvo era joven, llevaba jeans y una chaqueta negra, brillante y esponjada, que parecía cosida con una especie de bolsa para la basura de diseñador. Un segundo después sentí algo duro y frío encajarse contra mi nuca. Sobre el hombro pude percibir un olor a ajo y cigarrillos, mezclado con una colonia sofocante. Una mano me tomó del hombro y me lanzó hacia un callejón donde caí de bruces con tanta fuerza que pude escuchar mis dientes incisivos rayar el concreto antes de que el resto de mí golpeara el suelo. El dolor me explotó por el lado izquierdo de la cara y sentí el sabor de la sangre, salada y fresca, mientras que unos dedos esculcaban mi bolsillo trasero, para sacar de un solo tirón mi cartera.

—Llévate lo que quieras —dije, pasando la lengua sobre mi diente recién despostillado—. Sólo...

—¿Dónde está ella?

—¿Qué? —dije—. ¿Quién?

En eso, uno de los hombres gritó.

De repente escuché una refriega arriba de mí y una serie de golpes rápidos y brutales, como si un guante lleno de monedas golpeara a alguien. Alguien gruñó, intentó erguirse y cayó. Oí pasos por el callejón, pasando entre charcos, hasta que ya no se escuchó nada excepto la lluvia.

—Veo que todavía no aprendes a pelear.

Miré hacia arriba.

Gobi estaba de pie en el callejón, frente a mí, las manos en las caderas, con dos hombres despatarrados a sus pies. Por un segundo no supe si lo que estaba viendo era real o el resultado tardío de la contusión en mi cabeza.

Ella vestía una chaqueta corta de cuero con muchas hebillas, y una especie de microfalda elástica negra, medias negras rotas y enormes botas de villana. Llevaba el cabello teñido y cortado a navajazos arriba de los hombros.

—¿Cómo me encontraste? —pregunté.

—Perry —dijo, meneando la cabeza—, no te ves muy bien.

—Ah, sí, bueno, podría haber requerido de tu ayuda... —dejé de hablar y tosí con fuerza, miré mi mano y vi una pequeña mancha escarlata en mis nudillos— hace unos veinte segundos.

—Aquí estoy ahora —me extendió una mano, yo la tomé y me levanté. Todavía estaba recuperando el equilibrio cuando se inclinó hacia adelante y me sostuvo en sus brazos. Podía ver la pequeña cicatriz a lo largo de su cuello, y todo lo que sucedería a partir de allí.

8

"Never Let Me Down Again"
Nunca vuelvas a decepcionarme

—Depeche Mode

Atravesamos un puente oscuro para ir al hotel Centurion Palace. Se trataba de una elegante muestra de arquitectura al mejor estilo de Los Ángeles, construida dentro de lo que parecía un palacio de quinientos años al lado opuesto del canal, y para entrar teníamos que atravesar un ancho patio de piedras perfectamente ovaladas que crujían bajo nuestros pies. Ella me condujo a un vestíbulo de domo alto con un candelabro hecho de pequeños tubos curvos de vidrio, y grandes sofás distribuidos sobre el piso de mármol. En el escritorio del *concierge* vi un par de rostros de mejillas afiladas, indiferentes y andróginos, que nos miraban desde una nube líquida de luz azul.

—El elevador está por aquí, sígueme —dijo ella.

Entré en el elevador de cromo bruñido, sentí cuando se elevó suavemente para transportarnos a algún piso superior. Allí, Gobi me siguió guiando por el silencioso corredor. Deslizó su tarjeta-llave y entramos en su *suite*, una serie de habitaciones que fluían dentro de la otra y se extendían hasta el balcón con vista al canal. Vi una botella de champán en una hielera enfrente de una pantalla plana y un tocador donde descansaba su Blackberry, unas joyas, un montón de euros en billetes y monedas, su pasaporte y su labial.

—Quítate la ropa.

—¿Qué?

—Te estás congelando.

—Mira, quizá debería decirte algo.

Logré quitarme el rompevientos y le di la vuelta a las mangas, entonces me iba a desabrochar el pantalón.

—¿Podrías mirar a otro lado?

Elevó una ceja, luego miró hacia la pared mientras yo me quitaba los jeans, los calcetines y por último la camiseta.

—Estoy saliendo con alguien, ella está en Estados Unidos.

Gobi guardó silencio y señaló en la otra dirección.

—La ducha está por allá.

El baño era una gruta de mármol verde. Mi reflejo se me quedó mirando desde un espejo de cuerpo entero; un flaco y pálido chico con un rostro que parecía un kilogramo de salami. Me saqué los bóxers de una patada y entré en la ducha. Para entonces me castañeteaban los dientes y tardé un momento en entender el paso del agua, pero una vez que lo logré, el grifo de la ducha me recompensó con un rocío oscilante de agujas calientes que hizo que mi cuerpo se diera cuenta de que todavía no estaba muerto, a pesar de todo. Quizá las cosas no estaban tan mal como yo creía. Aspiré el vapor, me aseé el cuerpo dos veces, y me quedé allí hasta que el agua caliente comenzó a enfriarse. Después de lo que me pareció un largo rato, salí y encontré una gruesa bata de hotel esperándome colgada de la puerta. Comenzaba a sentirme humano otra vez.

—Este lugar es realmente agradable —dije, saliendo del vapor—. ¿Cómo logras costear algo así?

No obtuve respuesta.

—¿Gobi?

Percibí un reflejo momentáneo en el espejo.

—Por aquí.

—Y-yo-oh.

Cuando salió detrás de la puerta del armario, vi que se había quitado la chaqueta de cuero. El top que llevaba era de encaje negro, con delgadas tiras brillantes que se extendían sobre sus hombros.

—¿Qué estás mirando?

—Tus hombros. Son muy bonitos.

—¿Qué tal eres bajando la cremallera?

—¿Perdón?

Me dio la espalda, inclinó la cabeza hacia adelante y se levantó el cabello detrás de la nuca.

—Se atoró.

—Te dije que tengo novia, ¿verdad?

—Sólo te estoy pidiendo que bajes una cremallera.

—Cierto —la cremallera bajó fácilmente—. ¿No quieres saber qué hago en Venecia?

—No.

—Estoy de gira con Inchworm, y...

Se dio la vuelta y me besó, lo hizo con la boca abierta usando su lengua; también sus manos se deslizaron dentro de mi bata. Pude sentir el sabor a fruta seca del champán que había estado bebiendo y algo casi amargo, como granos de *espresso* u orozuz negro. Podía escuchar música y risas lejanas desde las bocinas del televisor. Me aparté, intentando respirar.

—Ella se llama Paula —dije—, es buena, te gustará.

Gobi emitió una risita oscura y dijo algo en lituano.

—¿Cómo?

—Te llamé imbécil.

—¿Por qué?

—Es como se le llama a un hombre que tiene a una chica en su cama y sigue diciendo tonterías.

—No estamos en una ca...

Presionó sus palmas contra mi pecho y me empujó hacia el colchón, tiró las almohadas, se rodó en las cobijas y me apuntaló contra la cabecera, donde quedé atrapado. Finalmente se montó sobre mí.

—Espera, esto no es divertido.

Mientras más esfuerzo ponía en incorporarme, más fuerte me empujaba ella sobre el colchón.

—No recuerdo que fueras tan... —intenté pensar en otra palabra para *agresiva*, pero, de repente, mi capacidad para encontrar palabras se había esfumado. Entonces noté un baúl de viaje Louis Vuitton en la esquina de la habitación que parecía costar como un millón de dólares, pero Gobi movió sus caderas un poco encima de mí y olvidé todo sobre el baúl y el millón de dólares que debió haber costado.

—¿Estás bien? —preguntó.

—¿Estoy bien...? —mi voz se elevó en la penúltima sílaba, y sonó como una de las Ardillitas. Puse las manos detrás de mí para intentar liberarme, pero ella tenía la bata sujeta al colchón con las rodillas.

—Es que estoy desnudo debajo de esta cosa...

—Perry.

—Dime.

—Necesito tu ayuda.

La miré a los ojos.

—¿*Tú* me necesitas?

—No estoy jugando.

—Seguro —dije—, en lo que pueda...

Entonces algo en el interior del baúl Louis Vuitton comenzó a moverse.

9

"Run (I'm a Natural Disaster)"
Corre (soy un desastre natural)

—Gnarls Barkley

Me levanté tan rápido, volteando a todas partes, que sentí cómo el cuello me tronó.
—Espera... —miré hacia el baúl, donde algo definitivamente se estaba moviendo—. ¿Hay alguien allí dentro?
Gobi suspiró y se bajó de mí, deslizándose en un gracioso movimiento. Con el resignado aire de una mujer que debe enfrentar una tarea onerosa pero necesaria, abrió el cajón de la mesa de noche junto a la cama, sacó una pistola y le atornilló un silenciador al barril mientras caminaba hacia el baúl.
—¡Espera! ¿Qué es eso? ¿Qué estás haciendo?
Gobi apuntó el arma al baúl y jaló el gatillo. Los disparos silenciados no hicieron mayor estruendo, sonaron como tres corchos metálicos de champán, y lo que fuera que estuviera dentro lanzó un gruñido escalofriante y se derrumbó con un golpe seco.
En el instante en que comprendí lo que había pasado, vi humo flotar desde los agujeros de bala en el baúl y desenvolverse como fantasmagóricos rabitos de cerdo en la elegante iluminación ambiental.
Me bajé tambaleando de la cama y me dirigí al otro extremo de la habitación, donde estaba mi pila de ropa mojada; la

bata aleteó abierta, mientras yo intentaba caminar de espaldas hacia la puerta. Detrás de mí, la voz de Gobi se escuchó tranquila y firme.

—Perry.

—¿Qué?

—Te dije que necesito de tu ayuda.

—Sí, bueno, referente a eso, este asunto de los cadáveres, como que rompe el trato.

En ese momento alguien llamó a la puerta.

10

"Police and Thieves"
Policías y ladrones

—The Clash

—¿Quién es? —yo estaba de pie en una esquina junto a la puerta, intentando vestirme los jeans, pero estaban demasiado mojados y ni siquiera lograba meter un pie por una pernera. Finalmente me di por vencido y sólo me até la bata a la cintura, demasiado consciente de que estaba completamente desnudo debajo de ella—. ¿Qué demonios está pasando?

—Por aquí —Gobi arrastraba el baúl lejos de la pared con una mano, y sostenía la pistola en la otra—. Vamos.

—¡Hay una persona allí dentro!

—Había, sí. Ahora ya no.

—No. No. No lo estoy...

¡Wham! ¡Wham! ¡Wham! Puñetazos fuertes y autoritarios golpeaban la puerta de la *suite*, haciendo parecer que el aire a nuestro alrededor se agitaba. Empecé a caer hacia adelante. Mi espina dorsal, de repente electrificada dentro de mí, disparó señales eléctricas desde la base de mi cerebro hacia abajo, hasta llegar al vestigio de cola que había desaparecido en los humanos un par de millones de años atrás. En ese instante estaba dispuesto a sumergirme en el líquido primordial y medir mis oportunidades contra los organismos unicelulares; quizás ellos tenían razón al permanecer como estaban.

Afuera se oían voces furiosas, urgentes, de soldados o policías, que gritaban en italiano.

—Mierda, ¿quiénes son?

—Probablemente, *Carabinieri*.

—¿Cara-qué?

—Te explicaré luego, si seguimos vivos —dijo ella—. Ahora debes, ¿cómo dicen? ¿Hacer tu parte?

¡*Pum*! ¡*Pum*! ¡*Pum*! Se escucharon más voces furiosas, dando órdenes, exigiendo cosas en un tono que sonaba cada vez más como el de los Camisas negras de Mussolini en una juerga.

—¿Qué se supone que debo hacer?

Ella levantó el baúl por una de sus correas y lo arrastró hacia el balcón.

—Levántalo. Ahora.

—¿Qué? ¿Por qué?

Ella hizo un gesto señalando el balcón, hacia el canal.

—Ah, no. Para nada. No.

—Tenemos que deshacernos del cuerpo antes de que... —con la cabeza ella señaló hacia la puerta, donde los golpes y los gritos habían cesado.

—¡Ni lo pienses!

Me apuntó con la pistola.

—Me dio gusto verte de nuevo, Perry.

—Alto, espera. No, no quiero involucrarme en esto.

—Ya lo estás.

Clic. Retiró el seguro del arma. Fin de la discusión. Tomé la correa de cuero y levanté mi lado del baúl. Al hacerlo, sentí que algo dentro daba una pirueta hacia mí, y el baúl se hizo más pesado al instante. Después lo levantamos hacia el balcón, equilibrándolo sobre el barandal de hierro forjado. Por un segundo miré hacia abajo, cuatro pisos, donde el Gran Canal brillaba en la oscuridad, joyas de luz reflejadas de los hoteles y en los edificios a los costados. Venecia nunca se ve tan encantadora como cuando la usas para deshacerte de un cadáver.

Entonces ella empujó el baúl sobre el barandal y éste cayó.

Hubo un largo silencio seguido de un *splash* justo en el momento en que la puerta de la *suite* se abría detrás de nosotros. Cuando volteé a ver a Gobi, ella ya estaba trepando en el barandal hacia la oscuridad de la noche.

—¿Qué estás haciendo?

Se soltó del barandal y desapareció.

11

"Jump"
Salta

—Van Halen

Mi decisión de saltar sobre el barandal fue un puro reflejo automático, donde no participó mucho el pensamiento racional. Fue más como una serie de imágenes, limpias y simples. Evaluación de riesgos estilo Kabuki: no se recomienda a nadie que pudiera necesitar justificar sus actos posteriormente ante las autoridades.

Del otro lado de la *suite*, vi hombres atravesar la puerta abierta, vestían camisetas negras de manga larga y pantalones deportivos negros, y llevaban armas automáticas, ametralladoras, artillería pesada. Si estos tipos eran policías, entonces Venecia contaba con un gran presupuesto paramilitar. Aún podía ver los cables de cobre colgando donde habían deshabilitado la cerradura electrónica. El hombre al frente me miró directamente y reconocí su rostro al instante. A diferencia de los demás, vestía traje.

Así que la encontraste.

Tu trampa para turistas.

Lo siguiente que supe es que estaba sobre el barandal, con la bata del hotel inflándose alrededor de mis piernas desnudas, en el aire helado de la noche mientras los dedos de mis pies se enroscaban y resbalaban en el lado exterior del barandal.

El hombre al frente gritó en italiano, apuntándome con su pistola.

Me solté.

En caída libre hacia atrás, con los brazos girando como rehiletes en círculos frenéticos y salvajes, como si de pronto fuera a recordar cómo volar, me pareció caer durante largo, largo tiempo, lo suficiente como para recordar: *Dejé mi bajo allá arriba*, y después: *Esto va a doler mucho*.

Y luego sentí dolor, que es básicamente lo mismo en cualquier región del planeta. El agua me recibió, me sacó el aire de los pulmones y juro que durante un segundo realmente *reboté* sobre la superficie. Luego las piernas se me durmieron, no las sentí más, y puede que me haya desmayado.

El agua a mi alrededor estaba helada, negra como tinta de calamar, y yo daba manotazos, preguntándome si me habría roto algo, aunque suponía que si estaba nadando, probablemente no sería el caso. Pero tampoco podía respirar. Cuando lo hice, las cosas empezaron a cobrar un poco más de sentido.

El baúl flotaba frente a mí, y se balanceaba de arriba abajo en el agua. La hebilla se había abierto con el impacto. Sentí una mano rozar mi brazo. La tomé a ciegas, y tiré de ella con fuerza.

—¡Perry!

La voz de Gobi llegó desde algún lugar distante. No se me ocurrió preguntarme cómo podría estar tan lejos cuando tenía su brazo allí mismo.

Tiré con más fuerza del brazo, agarrándolo con ambas manos, y entonces el cuerpo de un hombre salió flotando del baúl, directo hacia mí. Era mayor, calvo, vestía de negro, portaba el alzacuello blanco propio de los sacerdotes pero éste se le había zafado al golpear en el agua y ahora estaba suelto de un lado. Sus labios se abrieron, el agua del canal salía y entraba en su boca, y entonces sus ojos se abrieron y me miró de lleno.

—¡Mierda!

Eso es lo que intentaba decir, y era lo que realmente estaba pensando, pero lo más probable es que haya dicho algo como *¡Aiiigghhhhhggghhh!* Me empujé lejos de él, agitando los brazos en el agua.

—¡Oh, mierda! *¡Mierda!* —intenté decir, pero esta vez lo que surgió fue un borbotón. *Glubb-blitt-bripp.*

—¡Perry!

Ahora Gobi se oía preocupada. Arriba la ametralladora traqueteaba; una serie de estallidos planos, secos, como si alguien estuviera jugando con un empaque de burbujas mortal, golpeaba el agua como granizos que salpicaban a mi alrededor. Cuando volteé hacia arriba, vi a dos hombres en el balcón. Fogonazos como llamativos ramos de flores anaranjadas y amarillas brotaban alrededor de ellos.

Lancé mis brazos y empecé a moverlos rápidamente en dirección a la voz de Gobi, manoteando como alma que lleva el Diablo para alcanzar el puente de piedra frente a mí. Por lo menos estaba oscuro allí abajo. Tomé una respiración profunda, me sumergí y pataleé tan fuerte como pude.

El repentino rugir de un motor diésel llenó el espacio debajo del puente, arriba y abajo de la superficie, ocupándolo todo. Floté y vi el casco blanco de un *vaporetto* que se aproximaba hacia mí, demasiado rápido para esquivarlo. Di un manotazo a la proa, intenté empujarme hacia atrás y sentí que alguien me sujetaba por el cuello de la empapada bata de hotel que se pegaba a mi piel desnuda, y me sacaba del agua para caer de golpe sobre la cubierta. Un montón de tela seca cayó abruptamente sobre mi cabeza.

Los ojos de Gobi brillaron entre las sombras como centellean un par de aretes de precio estratosférico en la ventana de una joyería a oscuras.

—Quédate quieto.

—¿Tú...

—Cállate.
—... *le disparaste* ...
—¿Estás sordo?
—... *a un sacerdote?*
Gobi se acercó y cubrió mi boca con una mano. Me percaté de que me había lanzado una gabardina sobre la bata empapada.
—Mantén la cabeza baja.
—Estás loca.
No discutió. Me pregunté de dónde habría sacado una gabardina seca, y decidí no averiguar; tal vez significaba que por allí habría algún turista en el barco, tirado, inconsciente sobre cubierta, o algo peor. El *vaporetto* se lanzó al frente, emitiendo humos diésel, sus motores rugían detrás de nosotros mientras se dirigía a la siguiente parada. Cuando llegó a la orilla, ya podía escuchar el efecto Doppler de las dos notas de las sirenas europeas que se acercaban por el canal, y vi las luces azules de un bote-patrulla destellando en la dirección opuesta; la noche despertaba a nuestro alrededor.
—Ésta es nuestra parada —colocó su brazo en mi cintura, y me jaló hacia arriba, como se saca a un borracho, hacia la plataforma flotante.
—Olvídalo, se terminó.
—Idiota.
Nadie se exasperaba como ella, se creería que había inventado la exasperación. Inclinándose ligeramente hacia un costado, levantó la pierna derecha, al mismo tiempo movió la mano derecha hacia atrás, y cuando reapareció vi un cuchillo como de quince centímetros destellar en lo que quedaba de luz.
—Basta ya de tonterías Perry Stormaire.
Lo pronunció como *tonteerrías*.
—Espera —dije—, ¿ahora tus tonterías llevan mi nombre?
—Vamos ya.
—¿O qué?, ¿me cortarás la garganta?

—No es necesario —consideró—. Quizá sólo te corte el tendón de Aquiles y te deje inútil en el callejón como carne de carroña.

No me gustó el sonido de eso más de lo que me había gustado el sonido de las sirenas que se escuchaban en el canal.

—Esos policías no son los únicos que están buscando ahora a un estúpido niño americano, ¿sabes?

—Los tipos del hotel eran los mismos que me golpearon en el callejón cercano a Harry's.

—Nos siguieron.

Recordé el cuerpo que salió flotando del baúl.

—¡Le disparaste a un sacerdote!

—¿Monash? —negó con la cabeza e hizo un sonido como *pah*—. No era sacerdote.

—A mí me lo pareció.

—Sí, y una vez creíste que yo era una estudiante extranjera de intercambio.

—¿A qué te refieres?

—Debes aprender a usar los ojos.

—Estaba muy ocupado intentando no ahogarme.

—Tenemos más quehacer.

—Ah, no. No más. Para nada.

—Ya deberías saberlo —dijo Gobi con el cuchillo donde yo lo podía ver—, conmigo uno nunca basta.

12

"Here I Go Again"
Aquí voy de nuevo

—Whitesnake

—No está muerto, ¿sabes?

Gobi dejó de caminar. Me había estado conduciendo por una angosta calle empedrada, a través de un arco entre dos edificios altos de piedra sólida que parecían tener unos quinientos años de antigüedad, aunque *conduciendo* es una palabra muy suave cuando tienes un cuchillo entre las costillas, tan cerca como para seguir sintiendo su filo a través de una bata de hotel mojada y una gabardina.

—¿Qué estás diciendo?

—El tipo en el agua —dije—, Monash, o como se llame, lo vi abrir los ojos.

—Debió ser un reflejo. Le disparé cinco veces.

—Tres.

—¿Qué?

—Le disparaste tres veces —aún podía oír los balazos en mi cabeza—. Uno, dos, tres.

—Ya le había disparado dos veces antes de ponerlo en el baúl. No puede seguir con vida.

—Como sea —dije—, sólo déjame ir. No es que vaya a poder llevarte en góndola por todo Venecia para matar más gente.

Ni siquiera sé esquiar —Gobi guardó silencio—. ¿Cómo me encontraste, de todos modos?

—El sitio web de tu banda. ¿Cómo es? ¿Itch-worm?

—*Inch*worm.

—Su gira está publicada en línea.

—¿Me estabas acosando?

Entornó los ojos.

—Perry, por favor, no te abalances.

—No te *avergüences* —dije—, ¿es posible que tu léxico esté disminuyendo?

—Tengo un amigo en *Harry's*. Le di tu foto y le dije que me llamara cuando llegaras.

—¿*Cuando* llegara? —me quedé viéndola—. ¿Ahora quién se está abalanzando?

Me miró mitad sonriendo, mitad negando, como si simultáneamente la hubiera divertido y decepcionado.

—¿Crees que no me pude contener? Se suponía que iría directamente al hotel con el resto de la banda.

—Sin embargo, no lo hiciste.

—Me perdí. Necesitaba secarme en algún sitio.

—Esperabas que yo estuviera allí, admítelo.

—No, yo...

¿Qué sentido tenía discutir? Gobi me miró y cuando noté una ligera sonrisa en su rostro, me di cuenta de que, de alguna forma perversa, estaba disfrutando de todo esto.

—Perry. Esto es bueno.

—Sí, maravilloso.

—Trabajamos bien juntos, creo, somos buen equipo, ¿sí?

—Magnífico.

Nos detuvimos frente a una imponente iglesia antigua, su campanario se elevaba hacia el cielo nocturno.

—¿Cuántos sacerdotes más tienes que eliminar?

—Ya te dije, no era un verdadero sacerdote.

—Está bien, ¿cuántos tipos más?

—Sólo dos.

—¿Estás segura?

Fui ignorado. Alejándonos de la iglesia, seguimos las sombras alrededor de la plaza abierta, y dimos vuelta en un callejón aún más angosto. Un letrero alumbrado colgaba en la oscuridad, en las letras curvas se leía: TRATTORIA SACRO E PROFANO. Hasta yo podía entender eso sin saber italiano.

Gobi se detuvo y miró en dirección a la iglesia, luego de nuevo a la entrada del restaurante. Con su fachada de piedra y sus pilares flanqueando la entrada, el restaurante casi parecía una catedral en miniatura. Al lado de la entrada había una máquina de vender cigarrillos que brillaba suavemente bajo la lluvia.

—¿Al menos sabes en dónde estamos? —murmuré.

Guardó silencio. Pensé en Nueva York, donde tenía su Blackberry con todos sus mapas y su GPS, nada de lo cual teníamos ahora. Yo había asumido que ella estaba familiarizada con Venecia, pero en este momento no se veía tan segura de sí misma.

—Espera, ¿estamos perdidos?

Me miró sin verme, y por un segundo fue como si no me reconociera. Fue cuando noté algo bajo su nariz, una mancha oscura sobre su labio.

—Estás sangrando —dije. Era raro ya que nadie nos había atacado en los últimos diez minutos. Gobi se llevó el dedo al labio, luego lo limpió en su chaqueta.

—No es nada.

Pero se oía un poco confundida y distante, no como ella es, y cuando me miró seguía pareciendo que no supiera quién era yo.

Ya la había visto así antes, en Nueva York, cuando había vivido con mi familia como estudiante extranjera de intercambio, y yo creía que ella era sólo eso y nos había dicho que sufría epilepsia; le había impedido aprender a conducir y de vez en cuando le daban ataques. No de ésos en que se retuercen y se muerden la lengua, sino más bien como desmayos. Por un segundo pensé que iba a desmayarse, que caería en uno de sus *petit mal.*

Pero antes no había sangrado así, escuché una voz en el interior de mi cabeza. Esto era nuevo. Yo estaba bastante seguro de que la epilepsia no causaba hemorragias nasales.

No importaba. Mis piernas se tensaron. Si ella caía en uno de sus ataques, definitivamente aprovecharía para escaparme.

Pero Gobi se limitó a limpiarse el resto de la sangre con el dorso de su mano, tomó la manija de la puerta y me empujó al interior de la Taberna de lo Sagrado y lo Profano.

13

"Church of the Poisoned Mind"
La iglesia de la mente envenenada

—Culture Club

Dentro olía a aserrín y mármol mojado, como en el sótano de una catedral renacentista. En penumbras, se apiñaban figuras ante las mesas, bebían vino a la luz de las velas; locales o turistas perdidos, pensé, a esta hora de la noche. El único toque de modernidad era una máquina tragamonedas abandonada junto a la puerta con un letrero escrito a mano que probablemente decía FUERA DE SERVICIO.

—Quédate quieto —dijo Gobi, y empezó a caminar hacia la barra. Nuevamente sonaba como ella. Mis ojos se empezaban a acostumbrar a esta oscuridad más profunda y subterránea. Volví a mirar a las personas sentadas alrededor, y cuando vi quiénes eran, sentí un miedo como una mano helada con un guante de goma apretándome el estómago.

El lugar estaba lleno de sacerdotes.

Me dirigí a la barra y me acerqué a Gobi tanto como pude; me incliné hacia ella y le susurré al oído.

—¿Qué estás haciendo? Estamos en un *bar para sacerdotes*.

—Ahora no te acobardes, Perry —habló sin girar la cabeza, sin que sus labios parecieran moverse—. Sólo da la vuelta lentamente y espera.

Hice lo que me indicó, intentando adivinar cuánto tiempo me tomaría salir corriendo por la puerta. Los sacerdotes estaban sentados ante sus mesas, reunidos casi en silencio, como una parvada de cuervos. Gordos, flacos, viejos, jóvenes; tal vez venían de la catedral al otro lado de la *piazza*. ¿Sería que aquí era donde se reunían después de los oficios religiosos? En mi primera cuenta adiviné que serían ocho o diez quienes comían o murmuraban entre sí, bebían un vaso de vino o leían el periódico, con la luz de las velas reflejada en sus anteojos. Varios ya se habían percatado de nuestra presencia, y sin mirar descaradamente, intenté adivinar cuál de ellos no era un verdadero sacerdote: cuál de ellos no saldría caminando de allí. Sentí la urgencia irracional de gritarles: *¿Por qué no están en la iglesia?*

Mi visión periférica percibió un destello de movimiento.

Detrás de la barra, una mujer se agachó y sacó una caja larga de cartón, como las que se usan para enviar rosas de tallo largo, y la colocó sobre el mostrador con un golpe apagado, pero, en cierta forma, decidido.

Gobi levantó la caja, la sopesó en las manos y asintió. Vi su mano reaparecer sosteniendo una bolsa de plástico llena de fajos de euros cuidadosamente doblados, que colocó sobre el mostrador. La mujer al otro lado la hizo desaparecer tan rápido que fue como si nunca hubiera estado allí. Toda la transacción tomó menos de tres segundos. Mi corazón latía fuerte, estaba seguro de poder alcanzar la puerta en tres pasos.

Fue entonces cuando la policía entró.

14

"The World Has Turned and Left Me Here"

El mundo giró y me dejó aquí

—Weezer

Debe haber sido pura suerte. Tan pronto como los dos policías entraron por la puerta en sus uniformes y gorras azul marino, riéndose y hablando entre sí, comprendí que no estaban allí para atraparnos. No eran los mismos del hotel, y su actitud relajada y casual me dijo que estaban en una patrulla de rutina y sólo habían acertado a entrar en el lugar equivocado, en el momento equivocado.

Como dije, había sido suerte; mala suerte.

Se detuvieron y nos miraron, y comprendí que seguramente habría alguna especie de boletín oficial ya circulando de lo que había sucedido en cierto hotel, con nuestras descripciones físicas. Una mujer, armada y peligrosa, vestida de negro; un hombre, temeroso y empapado, vestido en tela absorbente de toalla.

—Bien, escuchen —dije, levantando las manos—, yo no soy parte de esto. Me iré tranquilo, ¿vale?

Un poco detrás de mí y a la izquierda, Gobi abrió de golpe el paquete que la mujer detrás de la barra le había entregado y extrajo de él una escopeta recortada. La levantó con un movimiento decidido. A la vista del arma, ambos policías —*Carabinieri*, los había llamado ella, el escuadrón de élite de

Italia— se colocaron al instante en posición defensiva al otro extremo de la entrada, alcanzando sus propias armas, mientras Gobi llenaba la escopeta y colocaba el cañón justo debajo de mi barbilla.

—¿Qué estás haciendo? —balbuceé.

Los policías comenzaron a gritarnos, ambos, al unísono. Sus voces sonaban atronadoras y autoritarias en el confinado espacio de la *trattoria*. Gobi no respondió, sólo mantuvo el cañón donde estaba, apuntando directo a mi cabeza, donde doce años de educación básica obligatoria esperaban convertirse en pintura para interiores. Sus ojos estaban fijos en los oficiales que bloqueaban la puerta. Al otro lado, los sacerdotes nos veían sin parpadear, con ojos de búho. ¿Alguien desea la extremaunción?

—*Allontanare* —dijo Gobi, en perfecto italiano. Sus ojos se engarzaron con los de los policías—. *Ottenga indietro o muore.*

Los *Carabinieri* se le quedaron mirando. Sus expresiones cambiaron y toda la bravura y la adrenalina escapó de sus mejillas. Lentamente, bajaron sus armas y desbloquearon el camino hacia la puerta.

—¿Qué les dijiste?

—Que si se movían, te mataría.

—¿Eso fue todo? Se veían aterrados.

—Vieron que hablaba en serio.

Gobi me empujó a través de la puerta. Luego, dando la vuelta, apoyó la espalda contra uno de los pilares de piedra que estaban fuera de la entrada, dobló las piernas y usó los pies para empujar la máquina de cigarrillos para que cayera de lado frente a la puerta con un estruendo. Me hizo girar y empezamos a correr a través de la *piazza*, mis pies desnudos tropezaron adormecidos sobre los adoquines.

—¿En dónde te alojas? —preguntó.

—¿Cómo?

—¿Cuál es tu hotel?

—¿*Mi* hotel? ¿Quieres ir a...?

—No es que podamos regresar al mío, ¿sabes?

—Yo no... —sacudí la cabeza como si intentara hilar algunos de mis pensamientos inconexos, que traqueteaban como Legos sueltos en mi interior—. No recuerdo.

—Necesitamos desaparecer un momento, en algún lugar tranquilo.

—¿Qué tal Connecticut?

Casi como en señal de entrada, fuertes voces llegaron rodando por la *piazza*, sonaban a borrachera e indisciplina. Un grupo de compatriotas veinteañeros daban tumbos hacia nosotros, salían de algún bar, gritando y riendo.

—¡Eh, tú! —gritó uno, levantado su puño al cielo—, ¡viva la *Resistance*!

—Necesitamos salir de aquí ahora —dijo Gobi—, de lo contrario, aquí no hay más que muerte para nosotros.

—¿Entonces ninguno de esos sacerdotes era tu objetivo?

—Eso fue sólo una compra de armamento —dijo encogiendo los hombros—, nada más. Tengo un objetivo más aquí en Venecia, pero primero necesitamos relajarnos. ¿En dónde está tu hotel? —la escopeta tocó mi espalda baja.

Cerré los ojos e intenté pensar en el lugar que Norrie había mencionado por teléfono. El nombre apareció en mi cabeza. Gracias, habilidades de estudio nivel preparatoria.

—Guerrato —dije—, algo como eso, ¿Pensione Guerrato? ¿Por el Puente de Rialto?

En el extremo de la *piazza*, detrás de la iglesia, Gobi se detuvo frente a una cabina de Telecom, tomó el auricular y me empujó hacia las sombras mientras asumí que llamaba al operador. Escuché que murmuraba algo en italiano. Cuando me volvió a jalar, nuevamente estábamos en movimiento, sobre el puente de piedra más grande que hubiera visto hasta el momento, por encima del oscuro canal y con ventanas cerradas, exquisitas galerías y tiendas de lujo, nada de lo cual era tan atractivo como el simple prospecto de salir de allí con vida.

15

"Happiness Is a Warm Gun"
La felicidad es un arma caliente

—The Beatles

—Espera.

Fue sólo un murmullo. Estábamos en una plaza sobre uno de los canales, un poco después de la una de la madrugada. Agua verde-oscuro lamía cada escalerilla y entrada. Me detuve, sentí la mano de Gobi sobre mi hombro y noté que ella miraba al otro lado de la pequeña plaza, tras una hilera de carretillas que habían sido cubiertas para la noche, a una calle estrecha a nuestra derecha.

—¿Qué?

Ella no respondió. Un segundo después se movió, cortando por el centro de la plaza, y me dejó de pie, solo, a la luz de la luna.

Necesito salir de aquí, pensé.

Hasta ese instante, de alguna manera había asumido que Gobi nos llevaría de regreso a mi hotel, y que una vez afuera yo empezaría a hacer ruido, esperando que Linus y el resto de la banda salieran en mi rescate, quizás irrumpirían con un arsenal de guitarras y micrófonos, y la distraerían con unos cuantos versos de "All the Young Dudes", mientras yo llamaba a las autoridades por teléfono. Sin embargo, ahora me daba cuenta de que eso sólo los pondría en peligro. La gira se había terminado. En nuestra situación actual, aparecer con Gobi era el equivalente a lanzar una granada por el estrecho pasillo de un avión. No era posible escapar de ella.

Necesitaba correr, huir lejos. Quizá podría encontrar un trabajo en un bote pesquero y navegar a Capri, abrir un bar en la playa, calzar alpargatas, y enviar un mensaje convocando al resto de la banda para que se reunieran conmigo una vez que la costa estuviera despejada.

Empecé a correr en la dirección opuesta, intentando calcular la trayectoria de menor visibilidad. Detrás de mí escuché un objeto resonar contra los adoquines.

Algo grande y apestoso se estrelló contra mí desde atrás, con la fuerza suficiente para derribarme. Fue como ser golpeado por un rollo de alfombra. Trastabillé hacia adelante, caí y me raspé las manos, y al mirar alrededor vi a un tipo con una barba poblada enfundado en un pesado abrigo de lana, tirado a mi lado, que se agarraba la cabeza y se quejaba. Tenía un corte en el rostro del que brotaba sangre e intentaba ponerse de pie, maldiciendo en algo que sonaba como alemán o ruso, o árabe, una de esas lenguas guturales llenas de hosquedad y flemas.

Gobi pareció reconocerlo al instante.

—Swierczynski —su bota descendió con fuerza sobre el pecho del tipo, empujándolo hacia el concreto—. No te muevas.

Cuando me senté, vi que tenía la escopeta apuntando a su cabeza, pero ambos estábamos tan cerca uno del otro que podría estar apuntándomela a mí.

—Abre tu abrigo —el tipo, Swierczynski, dijo algo en su idioma—. Ahora.

Gobi se inclinó y le abrió el abrigo de tajo, con lo que quedó expuesta una cámara con una lente de largo alcance que parecía costosa, el aparato estaba sujeto a su cuello con una correa. Miró la cámara como si no esperara menos.

—¿Ahora trabajas para Kya? —preguntó.

El tipo la miró un instante, luego asintió gruñendo.

—Dile a Kya que no necesito una nana.

Le arrancó la cámara y luego rebuscó en sus bolsillos, de donde sacó una navaja, un celular y un grueso fajo de billetes, todo lo cual guardó en su bolsa.

—Dile que haré el trabajo.

Swierczynski asintió de nuevo.

—Dile que el siguiente obstáculo que coloque en mi camino, se lo regresaré en pedazos. ¿Puedes recordar eso o te lo grabo en el pecho?

—Vaca estúpida —el hombre escupió sangre en su dirección. El acento era de Europa del Este, quizá polaco—. No soy idiota.

—A veces las personas olvidan cosas cuando se golpean la cabeza.

—No me golpeaste tan duro —fanfarroneó.

—Aún no.

Gobi se dirigió a mí y me dijo:

—Golpéalo.

—¿Yo?

—Es hora de que aprendas a pelear.

—No.

Ella le apuntó de nueva cuenta con la escopeta.

—Hazlo o termino con él.

—Está bien, de verdad...

—Cierra el puño.

—Sé lanzar un golpe.

Miré al hombre de la barba, de pie frente a mí, esperando ser golpeado.

—Párate con los pies al ancho de tus hombros —dijo, asumiendo la posición según la describía—. Dobla las rodillas. Codos atrás, puños aquí. En kendo a ésta se le conoce como la postura del caballo.

—Mira, yo en realidad...

Swierczynski intentó tomar la escopeta. No fue el movimiento más ágil del mundo, ni particularmente rápido o grácil, pero sí tenía el elemento sorpresa de su lado, y por un segundo pareció que se iba a salir con la suya. Entonces el pie derecho de Gobi respondió como un latigazo, tan rápido que casi sentí pena por el tipo. Escuché el cartílago tronar en su rodilla mientras ella barría la pierna de él hacia un lado, y lo dejaba caer como un fardo sobre la calle.

Gobi levantó el arma y la colocó sobre su cabeza.

—Esto va a ser ruidoso, prepárate.

Su postura ahora era diferente, mientras se preparaba para el impacto.

Swierczynski levantó la cabeza.

—Si me matas —dijo en voz baja, en un inglés con fuerte acento—, morirás. Kya se asegurará de que suceda —Gobi no se movió—. Él me lo contó todo —sus labios se torcieron en una sonrisa horrible, y señaló su propia sien—. Me dijo que la bala ya está en tu cabeza.

Gobi exhaló. Finalmente, sin un sonido, bajó el arma y la apuntó, de nueva cuenta hacia mí.

—Camina —me dijo, y dejamos al tipo ahí, tendido en la calle.

16

"Know Your Enemy"
Conoce a tu enemigo

—Green Day

Preguntas clave de discusión hasta este punto:

1. ¿Quién es Kya?
2. ¿Por qué el tipo que nos seguía intentaba fotografiar a Gobi?
3. ¿Por qué Gobi elimina a tipos vestidos de sacerdotes?
4. *La bala ya está en tu cabeza.* ¿WTF?
5. ¿Qué o a quién tiene Kya que le da poder sobre Gobi?
6. ¿Volvería yo alguna vez a vestir algo más que una gabardina robada sobre una húmeda bata de hotel?
7. ¿Esto sería lo mejor de mi estancia en Venecia? Porque de ser así, viejo, qué enorme decepción.

17

"There Are Some Remedies Worse Than the Disease"
Algunos remedios son peores
que la enfermedad

—This Will Destroy You

Gobi no respondió una sola de estas preguntas. Naturalmente, se limitó a encajarme desde atrás la escopeta para mantenerme en curso. Fue una especie de lenguaje divertido que nos inventamos: yo le hacía una pregunta y ella me encajaba el cañón del arma en la espina. Desde mi frustrado intento de escapar en la plaza, la escopeta me apuntaba exclusivamente a mí. Me hacía sentir especial.

—¿Fue Kya el que te contrató para matar a los tipos que no son sacerdotes?

—Kya no me contrató.

—¿Entonces por qué lo haces?

—No soy una asesina a sueldo.

La escopeta me empujó con más fuerza. El signo de la Pensione Guerrato colgaba en el lado izquierdo de un callejón que salía del Mercado Rialto. Gobi miró una vez a la cámara de vigilancia que colgaba sobre la puerta y dio un paso atrás.

—Tú llama.

Desde atrás de la puerta, bajó la escopeta y me empujó hacia el intercomunicador con su placa de bronce.

—Mantén la cabeza abajo.

Bajé la cabeza, apreté el interruptor y esperé lo que me pareció una eternidad hasta que una voz de hombre respondió por el intercomunicador.

—*Buonasera.*

—Eh, hola, ¿me entiende?

—Sí.

—Mi nombre es... ah... —tenía la mente en blanco—. Soy James Morrison, necesito una habitación para esta noche.

Se oyó un zumbido en la puerta dejándonos entrar. Conducía a un vestíbulo angosto de paredes de madera barnizada y a una escalera empinada y rechinante que se elevaba en lo que parecían alturas peligrosas. Los pasos de Gobi permanecían justo detrás de los míos todo el tiempo, y yo podía sentir la escopeta ligeramente pegada a mi espalda, un feo recordatorio de que todavía no terminábamos.

Llegamos al último peldaño. El rellano estaba decorado con sillas y esculturas antiguas, mesas con manteles de encaje y lámparas de pie. Libreros cubrían la pared del fondo, junto a viejos mapas de la ciudad y afiches de ópera. Detrás del mostrador, un distinguido caballero ataviado en traje de revista, de unos cincuenta años de edad, estaba sentado frente a una iMac de pantalla plana y una taza de té.

Di un paso al frente y me cerré la gabardina alrededor del cuello para que no fuera totalmente obvio que lo que vestía debajo era una bata de baño.

—Soy James —me aclaré la garganta—, ella es mi amiga Gobi.

—Sí, naturalmente —el hombre sonrió y Gobi le devolvió la sonrisa, me tomó del brazo y descansó su cabeza sobre mi hombro. En el espejo, al otro lado del vestíbulo, nos vi de pie juntos, y tuve una apagada sensación de asombro. Especialmente con la cámara alrededor del cuello de Gobi, parecíamos dos cansados viajeros al final de un día muy largo que sólo deseaban retozar juntos en una cama.

—Yo soy Benito —dijo el hombre—, es un placer conocerlo —nos extendió un enorme llavero de bronce con una borla—. Su habitación es la catorce, justo subiendo las escaleras.

—¿Tendrá algo más privado? —Gobi sacó el fajo de billetes que le había quitado a Swierczynski, apartó algunos de la más alta denominación y los colocó sobre el mostrador—. ¿Una *suite* en otra parte del hotel, quizá?

Los ojos de Benito se posaron sobre el dinero.

—Por supuesto, *signora* —dijo sin chistar, colgó la llave que nos había dado y nos ofreció otra—. Estoy seguro de poder acomodarlos.

—Disfrutamos nuestra privacidad.

Ella apartó otro billete del fajo y lo deslizó sobre el mostrador.

—De ser posible, apreciaríamos su total discreción.

—Absolutamente.

—Gracias —dijo Gobi, tomó la llave y me empujó adelante, hacia las escaleras.

—¿De verdad me atarás a los postes de la cama? —pregunté.

—Sólo los brazos.

Apretó las gruesas cuerdas trenzadas que había cortado de las cortinas y revisó los nudos alrededor de mis muñecas mientras yo permanecía recostado con los brazos sobre la cabeza, temblando. Sin la húmeda bata encima, me había quedado completamente desnudo bajo las delgadas cobijas que me había arrojado.

—No quiero perderte, Perry.

—Qué romántico.

Ella meneó la cabeza.

—Habla sólo por ti.

—No puedo dormir así.

—Inténtalo.

—¿Qué pasará en la mañana cuando el resto de la banda empiece a destruir este lugar, buscándome?

—Ya me habré ido.

—Espera, ¿qué?

Apagó la luz. Un momento después oí la ducha. Cuando se detuvo, la puerta del baño se abrió apenas. Olí el vapor y el jabón, alguna clase de champú y acondicionador, y apareció una pequeña pantalla de celular, el que le había quitado a Swierczynski, flotando en la oscuridad en el otro extremo de la habitación. Oí su voz murmurar en lituano, consonantes suaves y seseos, apenas un murmullo. Recordé cuando vivía en nuestra casa en Connecticut, la forma en que a veces la escuchaba hablar del otro lado de la pared. Entonces pensábamos que llamaba a su familia en Lituania. ¿A quién estaría llamando ahora?

A pesar de lo que le había dicho de no poder dormir con los brazos sobre la cabeza, debo haber dormitado, porque en algún momento la sentí entrar en la cama junto a mí, y escuché el colchón crujir debajo. A pesar de que nuestros cuerpos no se tocaron, podía percibir el calor de su piel en las sábanas frescas, y el débil sonido constante de su respiración. Su brazo desnudo rozó el mío. Podía oler el cuero y el ligero olor del mar mezclado con lo que usaba para lavarse el cabello.

—¿Gobi?

—¿Qué?

—En serio, no puedo sentir los brazos.

—Yo sí —se dio la vuelta y colocó su mano sobre mi pecho—, tu corazón late muy fuerte.

—El dolor eleva el ritmo cardiaco.

—¿De verdad quieres hablar de eso?, ¿de dolor? —dijo ella.

—No —intenté alejarme, pero los amarres alrededor de mis muñecas no me lo permitían—. Te dije...

Su mano se deslizó sobre mi vientre y continuó hacia abajo.

—Ahora me estás diciendo algo muy diferente.

—Eso es...
—¿Qué?
—...
—...

Rio, me dio unos golpecitos en el pecho y se recostó sobre su espalda.

—Duerme —dijo—, mañana será un día ocupado.

18

"Panic Switch"
Botón de pánico

—Silversun Pickups

—¿Perry?
Abrí los ojos e intenté sentarme, pero recordé que no podía. Mis hombros ardían y el cuello me dolía como si barras de hierro me bajaran desde la base del cráneo. A la derecha oí el sonido de las pesadas cortinas al ser abiertas rápidamente, y la luz del día explotó en mi rostro. Era suficientemente cegadora como para que apenas pudiera distinguir una silueta femenina colocada frente a mí.

—Bien —logré decir—, hemos establecido que ya es de mañana. ¿Me puedes desatar ahora, por favor?

Mis ojos se ajustaron.

Era Paula.

Estaba de pie junto a la ventana, sin duda con el abrigo con el que había llegado, y aún tenía su portafolio en una mano y su maleta en la otra. Por un momento, sólo nos miramos uno al otro. Las cobijas me cubrían apenas debajo de la cintura, lo suficiente como para revelar mi desnudez completa, y ahora estaba muy consciente de mi posición en la cama.

—T-terminé mis asuntos pronto en Los Ángeles.

Parpadeó exactamente una vez. Las palabras brotaban de su boca como caramelos viejos que caían de una máquina expendedora.

—Tomé un avión. Quería sorprenderte.

—Estoy oficialmente sorprendido.

—Sí —una palabra más en medio del silencio—. Yo también.

—Gracias a Dios estás aquí —dije—, Gobi...

—¿Gobi? —sus cejas se elevaron aún más, si eso era posible—. ¿Gobi está aquí?

—¿Quién crees que hizo esto? —di un jalón a las cuerdas, como si necesitara atraer más atención al hecho de que seguía atado a los postes de la cama—. ¿Me ayudas con esto?

Paula vio la ropa de Gobi desperdigada por toda la habitación, una blusa en la mesita de noche, algo rojo de encaje colgando del picaporte. Una parte confusa de mí se percató de que Gobi debió haberse levantado temprano, se habría ido de compras y luego regresado a cambiarse mientras yo dormía profundamente. ¿No podía al menos haber levantado su desastre?

Cuando los ojos de Paula regresaron a mí, me fue más difícil entender lo que decían. La sorpresa se había ido, había sido sustituida por otra cosa, una especie de noción de eficiencia profesional, como si de pronto estuviera viendo esto desde una óptica completamente distinta.

—Por supuesto.

—Paula, espera...

—Regreso en un momento. Sólo iré a ver si tienen algo afilado en la recepción.

La puerta se cerró. Me quedé allí mirando el techo lo que me pareció una eternidad, intentando identificar la forma de las manchas. Una parecía un pescado. Otra un pájaro. Y otra se parecía a mi futuro: turbio y arruinado.

Miré el reloj sobre la mesita. Ya eran las dos de la tarde. Si Linus y la banda habían empezado a buscarme en el hotel, aún no llegaban al momento de derribar puertas al azar.

Finalmente Paula regresó con un par de tijeras que se veían letales. Se acercó a la cama, hacia mis brazos. Ahora ya no hacía conmigo contacto visual alguno.

—Quédate quieto.

—Mira, Paula... —dije.

—De hecho estoy aquí por una razón —*snip-snip*—. Armitage llega esta tarde —*snip*—. Quiere conocerlos en persona antes del concierto de esta tarde —terminó con la primera cuerda y se movió hacia la segunda—. Imagino que no tengo que preguntar cómo va la gira hasta ahora.

—Espera —dije—, sólo escúchame, ¿de acuerdo?

Snip-snip.

—No estoy molesta, Perry. Soy adulta. Entiendo.

—Pero no me has dado tiempo...

—No tienes que hacerlo.

—Espera...

—Leí lo que escribiste sobre ella, ¿recuerdas? En tu ensayo para la universidad.

—Sí —dije—, pero eso no es...

Snip.

—No debí enviarte a Venecia.

—Yo no...

Snip.

—Debo hacer que me revisen la cabeza.

—Paula, ella está matando gente otra vez.

Las tijeras se congelaron a medio snip, y Paula se enderezó para mirarme.

—¿Qué?

—Gobi. Está trabajando para alguien llamado Kya. Él tiene algún poder sobre ella, no sé qué, pero la está obligando a hacer nuevos encargos. Sus objetivos, uno de ellos estaba vestido de sacerdote. Ella me hizo ayudarle a deshacerse del cuerpo anoche: lo arrojamos al canal desde el balcón de su hotel.

—¿La ayudaste a deshacerse de un *cuerpo*?

—Eso es lo que estoy intentando decirte. Anoche compró una escopeta en un restaurante y la encañonó a mis espaldas todo el camino hasta llegar aquí. Debemos llamar a la policía ahora mismo, antes de que regrese.

Paula cortó la última cuerda y mi mano izquierda por fin estuvo libre. Estiré el brazo hasta que me regresó la circulación. Ella aún guardaba silencio. Viendo sus ojos podía comprender que su mente estaba trabajando rápido, evaluando la situación y analizando sus opciones.

—¿Dices que la ayudaste? —preguntó.

—¡No! Digo, sí, pero...

—¿Alguien te vio?

Pensé en nuestro enfrentamiento con los *Carabinieri* en la Trattoria Sacro e Profano.

—Bueno, sí, pero...

—¿La policía?

—Sí.

—Y ellos vieron tu rostro —suspiró Paula—, entonces eres cómplice.

—¿Qué? —me incorporé—. ¡No! Te dije, ella me tenía encañonado...

—Perry —dijo Paula—, escúchame. Yo te creo, obviamente, pero debes verlo desde su punto de vista. Ahora mismo eres sólo un chico americano, en una gira de rocanrol, que fue visto en un tiroteo tipo Bonnie y Clyde acompañado de una psicópata armada. Un incidente internacional como éste puede extenderse rápido. Aun si no hay video de cámaras de seguridad, quizá ya hayan enviado tu retrato hablado a la Interpol junto con el de Gobi —cerró los ojos y respiró profundamente—. Antes de que hagas nada, necesitas un abogado, de lo contrario, el siguiente recinto de la gira será en una cárcel italiana.

—¿Cárcel? —sentí que mi estómago se encogía con una repentina pesadez nauseabunda. De pronto no podía respirar.

Era como si mis pulmones hubieran sido presa de pánico escénico y ya no pudieran realizar su función. Todas las películas que había visto con el argumento *tipo ingresa en cárcel extranjera* pasaron por mi cerebro, y ya me estaba preguntando cuántos paquetes de cigarrillos valdría yo en el mercado.

Cuando finalmente logré respirar, mi voz sonó débil y sin aliento, como la de un asmático resollando por una manguera de jardín taponada.

—No puedo ir a la cárcel —dije—, mi papá...
—Lo sé.
—¿Qué hacemos?
—Por ahora, necesitamos sacarte de aquí.
—¿Y luego qué?

Paula frunció el ceño.

—Quizás Armitage pueda ayudarnos.

La miré, permitiéndome sentir la más débil chispa de esperanza.

—¿Cómo?
—Bueno, para empezar, cuenta con los recursos necesarios. La gente como él no se mueve sin una flotilla de abogados. Y por alguna razón, Stormaire, le has caído bien —sonrió ligeramente—. No hay manera de que él pueda llevar a Inchworm al estudio para que hagan su primer álbum si el escritor y bajista de sus canciones se está pudriendo en alguna celda veneciana, ¿verdad?

—Entonces, ¿qué hacemos ahora...?
—Iremos a un sitio donde podamos mantener un perfil bajo —miró su reloj—. Tenemos poco más de seis horas hasta nuestra reunión con él por la tarde. Y luego, lo único que debes hacer es tocar de manera asombrosa, así Armitage hará lo que sea para evitarte una visita a la cárcel.

—Debo decirles a los muchachos que estoy aquí.

Paula negó con la cabeza.

—No quiero ofender a Linus, pero en este momento lo último que necesitamos es su estilo particular de retórica histérica. Ya habrá tiempo para él.

Comprendí su punto de vista.

—Sí, pero...

—Primero, lo primero —dirigió su mirada hacia mí, levantando una ceja—. ¿Dónde está tu ropa?

—No la he visto desde anoche.

—¿Has estado desnudo desde ayer?

—Excepto por una bata de hotel y una gabardina robada, sí —le dije.

—Enviaré al *concierge* con mi Amex —Paula meneó la cabeza, pero seguía sonriendo—. Debo reconocer, Stormaire, que, a pesar del desafortunado contexto, verte atado a los postes de la cama así me hizo sentir un cosquilleo.

—Me da gusto que lo digas, porque, por la forma en que me miraste, pensé que querrías usar las tijeras para cortar otra cosa.

—¿Estás bromeando? ¿Después de esperar tanto? Quizá yo lo extrañaría más que tú.

—Lo dudo.

Ella sonrió, después entornó esa sonrisa y la desvaneció, retomó una actitud muy profesional. Era asombroso cómo podía hacer eso, y yo ya no podía imaginarme sin ella a mi lado.

—¿Puedo hacerte otra pregunta?

Paula me miró.

—Hazlo.

—¿Cómo supiste en qué cuarto estaba?

—Te registraste como Jim Morrison, Perry. Ya podrías haber colgado un cartelito.

—Pues sí.

—Ahora, andando —dijo, lanzándome una mirada lasciva—, vamos a conseguirte ropa antes de que yo pierda mi fuerza de voluntad.

19

"Busy Child"
Chico ocupado

—The Crystal Method

En una ciudad como Venecia, la mayoría de los hoteles más bellos presumen haber sido palacios en un momento u otro, pero, como en todo, hay de palacios a *palacios*, y el Gritti, donde Paula dijo tener reservación, lucía cortinas de seda y pisos de mármol; una maravilla del viejo mundo enmarcada en oro que no correspondía en absoluto con lo que yo concebía como "perfil bajo". El chico que se reflejaba en los espejos del vestíbulo no parecía a gusto allí. Siendo justos, en ese momento no podría estarlo en ningún lado.

—¿Puedes costearlo? —susurré, observando la lujosa estancia casi vacía.

—Armitage tiene una *suite* aquí.

—¿Está aquí ahora?

—Vamos a cenar con él. Sólo relájate, ¿sí? Ve junto al elevador y espérame ahí.

Paula fue a registrarnos mientras yo me deslicé detrás de un pilar intentando pasar desapercibido. Vestía unos jeans europeos muy estrechos y una camiseta de Venecia, con una gorra de beisbol y lentes oscuros, y cargaba un portatrajes sobre el hombro, que Benito, el *concierge* de la Pensione Guerrato, me había llevado antes de que nos fuéramos de allí.

Cuando Paula regresó con la llave, tomamos el elevador hacia la *suite* de Armitage, y yo miré al Gran Canal y a la ciudad más allá, intentando no pensar que, menos de veinticuatro horas antes, había sido cómplice de arrojar un cadáver a su cauce desde una altura similar.

—¿Te gusta la vista?

—Es fabulosa.

—Perry...

Miré alrededor. Paula estaba sentada en la cama y me dirigió una mirada nueva, de una intensidad que nunca antes le había sentido.

—Aún tenemos algunas horas que matar —dijo—, ¿alguna idea?

—Podríamos ordenar champán.

—Eso suena como un buen inicio, ¿y luego qué?

Me senté junto a ella en la cama y comenzamos a besarnos. Paula deslizó una mano dentro de mi camiseta y nos extendimos sobre las cobijas, mientras yo pensaba: *Llegó el momento. Ahora estás en Europa, estás solo en un cuarto de hotel, puedes hacer lo que quieras.* Pensé en cómo la mayoría de los muchachos, incluyendo mis amigos, habían perdido su virginidad en el asiento trasero de un auto, o en el sofá en casa de sus novias, esperando con ansias no ser sorprendidos por el resto de la familia. Comparado con eso, esto era un sueño.

Paula se incorporó y me miró.

—¿Todo bien?

—Sí —dije.

—Pareces distraído.

—No, estoy totalmente bien, en serio.

—Lo sabía —sus ojos no se alejaban de los míos—. Es ella, ¿verdad?

—¿Qué? —negué con la cabeza—. ¿Quién? ¿Gobi? ¿Estás bromeando?

—No soy tonta, Perry.

—Espera —le dije, y la tomé del brazo—, sólo escúchame, ¿sí?
Se quedó mirándome.
—Te digo que no existe nadie más con quien yo prefiera estar ahora —dije—. Nadie.
Paula seguía con sus ojos en mí, sin cambiar la expresión. Abajo, en la *piazza*, la campana de una iglesia sonó. Tomó aire.
—Demuéstralo.

—Perry, ¿estás listo? Es hora.
—Un segundo —ya eran casi las seis de la tarde y yo seguía en el sanitario, intentando arreglar mi corbata—. Ya salgo.
—Perry, debemos irnos.
—Está bien.
Inhalé profundamente, abrí la puerta y salí.
—Estoy listo, vamos.
Paula no dijo mucho. Tenía una expresión extraña, mitad ceño fruncido, mitad labios apretados, que nunca le había visto. El traje de estilo europeo que Benito, el *concierge*, había comprado para mí me quedaba bastante bien; de hecho, casi demasiado bien. Los pantalones, angostos y afilados, y el saco del traje se adecuaban perfectamente a mi constitución en líneas rectas y suaves. La camisa fabricada con algún material sedoso se sentía como capaz de disolverse al mínimo contacto con el agua y las líneas de la corbata eran nítidas y firmes. Mis estrechos zapatos negros brillaban como espejos. En algún sitio del universo, todos aquéllos con quienes alguna vez salí de parranda a mirar *RoboCop*, se preguntarían al verme si yo ordenaría una copa de chardonnay con mi CD de los *Grandes éxitos de Céline Dion*.
—Te ves... genial —dijo—, nunca te había visto así. Me dan ganas de devorarte.
—¿Todavía?
—Otra vez.
—¿Ahora?

—Siempre.

—Oh —dije—, pues, gracias, tú te ves bastante comestible también.

—Empaqué de prisa.

Aparentemente *de prisa* significaba un muy escotado vestido negro de coctel con una estilizada cremallera que corría en diagonal al frente; un abrigo corto, blanco, de piel; y *stilettos* que tal vez podrían funcionar de manera alternativa como armas proyectiles. Definitivamente había convivido demasiado tiempo con Gobi, pensé. Ahora estaba viendo accesorios de moda con el ojo de un agente del Servicio Secreto. Llevaba el cabello recogido atrás, lo que acentuaba su cuello y las orejas, donde no había trazas de joya alguna. Algo en su piel, ininterrumpidamente bronceada, me hacía desear besarla, lo que, estaba seguro, era exactamente su propósito.

—No olvides la gorra y los lentes —dijo, y me tomó del brazo—. ¿Nos vamos?

Mientras descendíamos en el elevador, ambos mirábamos los números. Ella se acercó y colocó su mano en mi pecho.

—¿Cómo te sientes?

—Bien.

—¿Seguro?

—Seguro.

Me miró y sonrió. Si en ese momento me hubieran dicho que alguien que acababa de pasar varias horas encerrado en una *suite* de lujo con una mujer hermosa, y de alguna manera había abandonado la habitación virgen todavía, creo que me habría saltado la parte de la incredulidad y me habría ido directamente a la exasperación. Aun cuando nos habíamos revolcado medio desnudos bajo las sábanas, Paula había logrado mantener la compostura.

"Está bien, Perry", había dicho, "no quiero apresurar nada para lo que no estés listo, en especial si sólo lo haces para demostrar algo".

Casi le pregunto qué era lo que ella creía que yo intentaba demostrar, luego me di cuenta de que lo sabía.
Al final, creo que ambos lo sabíamos.

20

"Darklands"
Tierras oscuras

—The Jesus and Mary Chain

Al caer la tarde, atravesamos la *piazza* de San Marcos caminando y pasamos entre los vendedores de chucherías en sus puestos ambulantes, que ofrecían máscaras y camisetas a los turistas. Sentía los zapatos nuevos apretados en los pies. Las palomas aleteaban y caían en picada sobre nuestras cabezas, tan cerca que casi teníamos que agacharnos para que no nos golpearan, y al caminar frente a la catedral, señalé la torre del reloj, donde dos hombres de bronce balancearon sus badajos para indicar la hora.

—A esas figuras mecanizadas les llaman los moros —dije, recordando algo que había leído en una de las guías para turistas en el tren—. Al parecer, en el siglo XVII uno de ellos derribó a un trabajador distraído, que cayó hacia su muerte. El primer asesinato oficial cometido por un robot.

Eso le sacó una sonrisa a Paula.

—Eres un buen guía de turistas, Stormaire, quizá si todo este numerito del rock & roll no cuaja...

—¿Crees que en verdad Armitage podrá ayudarme a salir de esto?

—Ya lo veremos.

Respiré profundamente. Ella miró al otro lado de la *piazza* y yo capté una mirada ajena en sus ojos que no había visto antes.

—Oye, ¿estás bien? —pregunté.

—Tengo una fotografía de mí sentada sobre los hombros de mi papá justo en ese lugar.

Paula señaló de nuevo la catedral, junto a las tarimas levantadas que usan en la plaza en momentos de *acqua alta,* cuando los canales inundan las calles.

—Tendría cinco o seis años.

—No sabía que habías estado antes aquí.

—Papá estuvo aquí a principios de los noventa, con los Rolling Stones. Me trajo con él. Fue una buena época.

Su nostalgia me tomó por sorpresa.

—Ustedes todavía se ven con frecuencia, ¿verdad?

—Ahora las cosas son diferentes —me tomó de la mano—. Vamos, se nos hará tarde.

Nos detuvimos en un *bistro* con mesas colocadas afuera, sobre los adoquines. Al acercarnos, vi a Linus que caminaba de arriba abajo frente a la entrada, fumaba con tal fruición, que su cigarro parecía desaparecer de dos largas caladas. Me vio y lanzó la colilla a un lado.

—Perry, gracias al cielo, ¿dónde has estado? —su intención de inmediato se dirigió a Paula—. ¿Qué le hiciste?

Paula suspiró.

—También me da gusto verte, Linus. ¿En dónde está el resto de la banda?

—Adentro, haciendo la prueba de sonido, que es donde Perry debería estar en este momento.

Entré de prisa y encontré a Norrie, Sasha y Caleb colocando el equipo en el escenario. Caleb comía una rebanada enorme de pizza, mientras Sasha coqueteaba con una mesera abrumadoramente hermosa en un lenguaje que parecía depender de simples ademanes y sonrisas. Ninguno se veía particularmente preocupado por mi desaparición.

—¿Qué onda, inútil? —dijo Sasha—, ¿qué te pasó? Creímos que te habías ahogado en el canal o algo.

Norrie me miró con los ojos entornados suspicazmente, y cuando se acercó bajó la voz, y murmuró:

—¿Y b-bien?

—Bien ¿qué?

—Ya sa-sabes, Stormaire, ¿la en-enc-encontraste o q-qué?

—Hermano...

—Lo-lo hiciste, ¿ve-verdad? —meneó la cabeza—. P-por eso n-nos a-abandonaste.

—Es una historia loca y larga, y...

—N-no te pre-ocupes. No-no imp-porta. ¡Ad-divina qué!

Cuando me miró de nuevo, estaba sonriendo y de repente, su tartamudez desapareció.

—¡Escribí una nueva canción!

—¿En serio?

—Seguro, hermano; y es buena, sólo necesita una línea de bajo.

—Sin problema, hombre —a pesar de todo, sentí esa repentina alegría que provenía de escribir canciones juntos, esa sensación de que por alguna razón habíamos tenido la suerte de conocernos, mucho antes de que ninguno de los dos pudiera adivinar lo que eso significaba—. Línea de bajo, puedo hacerla.

—E-esp-era un segundo —los ojos de Norrie se encogieron—, ¿do-dónde está tu bajo?

—Creo que... lo perdí.

—¿Qué?

—Mira, si te contara la mitad de la mierda por la que he pasado las últimas veinticuatro horas...

—No hay problema —se oyó una voz—, estoy seguro de que podemos resolverlo.

Me di la vuelta y vi a George Armitage de pie frente a mí.

En persona, Armitage era exactamente tan refinado y encantador como lo había imaginado al hablar con él por teléfono. Mayor de cincuenta años, era alto y estaba en forma; su tono de piel era casi mediterráneo, con sólo unas cuantas arrugas artísticamente dibujadas alrededor de sus ojos azul pálido. Todo en él se veía pulido y al mismo tiempo real, y un olor, como de cuero y aroma a jet privado, flotaba ligeramente alrededor de su ropa. *Ah, así es como huelen mil millones de dólares*, pensé.

Sus guardaespaldas, uno a cada lado, permanecían en silencio, con los ojos escondidos detrás de gafas con espejos. Casi inmediatamente pensé en ellos como Pum y Paf.

Tras una breve presentación del resto de la banda, y de Linus, que por una vez parecía capaz de abstenerse de hacer cualquier comentario acerbo, Armitage nos condujo a Paula y a mí al otro lado de la plaza, a un pequeño café, donde una mesa nos esperaba. Pum y Paf nos siguieron a una distancia respetuosa pero conspicua.

—No te detendré mucho tiempo —dijo Armitage—, sé que tienes que atender la prueba de sonido.

—No hay problema.

—¿Qué te parece la ciudad?

Abrió las manos magistralmente, abarcando el café, la catedral y la *piazza*, llena de palomas al atardecer, como si conjurara todo esto desde la nada, sólo para nosotros.

—Este lugar es mi favorito en toda la tierra —continuó—, es como una hermosa mujer cuyo favor nunca hubiera logrado obtener totalmente.

—Es realmente bella —dije.

—Creo que deberíamos celebrar.

Llamó al mesero.

—Villa Antinori del 95.

El mesero desapareció, y Armitage lanzó todos los watts de potencia de su atención sobre mí.

—Perry, me doy cuenta de que debes sentir que todo esto está pasando muy rápido, pero para este momento ya sabes cuánto me gusta tu música y creo que es tiempo de hablar del primer álbum de Inchworm.
—Seguro.
—Me gustaría que entraran al estudio en cuanto termine la gira, de ser posible. De hecho, estábamos pensando llevarlos directamente a Los Ángeles. Tú y tus compañeros podrían recuperar fuerzas allí y cuando llegue el momento, comenzar a grabar. ¿Qué te parece?
—Como un sueño hecho realidad.
—Magnífico —Armitage sonrió y miró a Paula—, toma nota de reservar tiempo en Sunset Sound, cariño.
—Ahora mismo —dijo Paula. Sacó un iPad de su bolsa y empezó a escribir algo en la pantalla.
El vino llegó, y Armitage nos sirvió una copa a cada uno.
—Entonces, es un trato —dijo, haciendo un brindis—. Por Inchworm y el gran futuro que les espera.
Levanté mi copa justo en el momento en que vi a Gobi salir de entre la multitud y caminar directamente hacia nosotros, escopeta en mano.

21

"Sweetest Kill"
El asesinato más dulce
—Broken Social Scene

Cada que pienso en ese momento, me asombra cuánto demoré en reaccionar. Todos los demás parecieron moverse antes que yo; Paula, los meseros, incluso los otros comensales del café.

Gobi lanzó a los guardaespaldas a seis metros de distancia. Escuché dos rápidos sonidos ensordecedores —*pam, pam*— y los vi caer en direcciones opuestas contra los adoquines a cada lado de la mesa. Lo que vi luego no era posible, tenía que ser algún tipo de problema técnico de ejecución de la realidad en la computadora central del universo, porque cuando procesé dicha información, Gobi ya estaba a menos de medio metro de distancia, había resurtido la cámara de la escopeta con nuevas balas y apuntaba a bocajarro directo al pecho de Armitage.

Éste abrió la boca para decir algo, pero no alcanzó a pronunciar palabra antes de que Gobi jalara el gatillo. Se produjo un tercer *kapow* ensordecedor, y el estallido de la escopeta lo sacó de su silla con tanta fuerza que sus rodillas derribaron la mesa frente a nosotros, lo que esparció vino y vidrio por todas partes. Las palomas emprendieron el vuelo y la gente gritó de esa manera distante en que suenan las voces después de que tus tímpanos han sido asaltados por la contundente fuerza de un trauma auditivo. Mis oídos estaban acostumbrados al estruendo por los años de estar entre altavoces y amplificadores, pero aun así percibí todo aquello como un grito que sonaba en retroceso, como si, en vez de emitirlo, la gente se lo estuviera tragando, hasta convertirlo en un ahogo, cuando veían lo que había pasado.

Cuando recuperé la noción de lo sucedido, miré a Armitage tumbado en el suelo entre sus guardaespaldas, inmóvil, sobre una mancha creciente de su propia sangre que se extendía a su alrededor en todas direcciones. Se veía como la sombra de un objeto que se precipitaba al suelo muy rápido.

Sin dudarlo, Gobi se agachó y con su mano libre tomó el cuerpo de Armitage, agarró su peso desplomado por los brazos, lo levantó como si no pesara y lo colocó delante de ella como un escudo. Hizo todo aquello sin soltar la escopeta de su mano derecha. Después se escuchó un *crack* distante, otra bala había penetrado el pecho del cadáver. Al buscar me di cuenta de que el tiro provenía de algún lugar lejano y fue entonces que noté que había otro tirador dispuesto en un tejado.

Gobi levantó la escopeta con una mano y disparó hacia lo alto de la catedral.

—Retírate —por algún lado a mi derecha vi a Paula ponerse de pie. Asumí que sacaría su teléfono para llamar a la policía o a una ambulancia.

Lo que sacó, en cambio, fue una pistola, bruñida y niquelada que procedió a empuñar con un experto agarre de tiro a dos manos.

Por supuesto, el cañón miró hacia mí.

—¿Paula? —pregunté.

Los ojos de Paula estaban sobre Gobi. Su voz permaneció en absoluta calma.

—Ésa es una Mossberg de carga a pistón, ¿verdad? Calibre doce, ¿cierto? Buen arma —Gobi guardó silencio—. El único problema es que debes recargar manualmente antes de poder dispararla. Muévete y él muere.

Frente a nosotros, frente a la mesa derribada, Gobi permaneció inmóvil, aún con la escopeta en una mano y el cadáver de Armitage en la otra. Mis oídos todavía zumbaban, pero la voz de Paula era nítida y totalmente clara, pude percibir cada sílaba como si las hubiera cincelado en el aire. Y su significado me cayó como una ráfaga, como una repentina lluvia helada.

Mi.
  Novia.
    Paula.
      Me.
        Está.
          Apuntando.
            Con.
              Una.
                Pistola.

Me limité a mirarla. No podía hablar. No podía respirar. Todavía.

Frente a nosotros, en un movimiento, Gobi arrojó la escopeta, empujó el cadáver de Armitage lejos de ella, giró y lanzó su pierna directo al aire, y la bajó en una patada vertical sobre el rostro de Paula. Se oyó un *crack* y Paula cayó con fuerza contra el suelo. Gobi tomó su iPad, pero Paula no había soltado la pistola: entre todos los vidrios rotos, la sangre y el vino, comenzó a dispararnos. Bueno, eso creo que debió suceder. Sentí al menos una bala pasar silbando sobre mi cabeza.

Mis ojos rodaron dentro de sus órbitas, como balines de acero sobrecalentados, mirando todo a la vez. Desde el club al otro lado de la plaza, vi a Linus y a Norrie acercarse corriendo. Dieron una mirada a lo que estaba pasando y se arrojaron pecho en tierra.

Fue entonces cuando Gobi me tomó del brazo y me apretó como si estuviera esposándome, un agarre que ahora sabía es el que acompaña exclusivamente esos momentos donde todo se reduce a correr o morir. Si yo no hubiera reaccionado de inmediato, si ella todavía tuviera en su poder un arma con municiones listas, creo que también habría amenazado con matarme.

—¡Corre!

Me lanzó hacia adelante y se encargó de dirigirme cuando yo no era capaz de mantener el ritmo. Mis pies en definitiva no estaban a cargo, sólo intentaban evitar que yo diera de cara contra el pavimento, así que corrimos a través de la *piazza* de nuevo en dirección a la catedral. Vendedores y turistas, que no tenían idea de lo que pasaba, volteaban a vernos correr entre puestos ambulantes hacia una hilera de góndolas alineadas en el agua.

Arriba, en la catedral, las campanas comenzaron a reverberar por la plaza como si hubiéramos activado el propio sistema de seguridad de Dios. De algún modo seguían oyéndose balas rebotar en el pavimento a nuestras espaldas. Parecían provenir de todas direcciones a la vez, de arriba y de atrás de nosotros. Sentí que mi mente se dividía limpiamente a la mitad, y cada lado consideraba pensamientos contradictorios. Por un lado, Armitage seguía vivo y yo estaba sentado en el café frente a él y junto a Paula. Lo escuchaba alabar lo genial que yo era. Por otro, la mujer de la que creí haberme enamorado estaba intentando matarme.

Empecé a detectar un patrón.

Entonces se nos acabó el pavimento.

22

"Love Removal Machine"
Máquina para eliminar el amor

—The Cult

No vi el bote hasta que aterrizamos en él. Estaba en el canal, al otro extremo del embarcadero de concreto, oculto entre una hilera de góndolas con lonas impermeables azules y un angosto taxi acuático con techo de vidrio y el casco maltrecho. Mi pie derecho se hundió hacia adelante, el tobillo se me torció cuando el resto de mi peso le cayó encima, y me golpeé de lleno en el rostro con uno de los asientos.

Oscuridad...

Espera.

Aprovechando el instante de alarma, me arrastré de nuevo a la conciencia por pura fuerza de voluntad. Rodé hacia atrás en cubierta, intentando aferrarme a algo que no estuviera activamente tratando de alejarse de mí. El golpe en el rostro hizo que me lagrimaran los ojos y afinó mis sentidos; percibí el olor del mar abierto y el hedor a cobre de la sangre que bajaba por mis fosas nasales. El motor del bote era ensordecedor. Al timón, Gobi maniobraba por el canal. Me senté y vi las luces del puente que teníamos enfrente. Era demasiado bajo para que pudiéramos atravesarlo.

—Te dije que tenía otros objetivos en Venecia.

—¿Armitage? —grité.

Gobi empujó el acelerador de mano hasta el fondo, con lo que la proa se elevó en el aire, como si de alguna manera pudiera intimidar al puente para que se apartara de nuestro camino. En un momento llegué a pensar en saltar, pero íbamos demasiado rápido y yo había oído que algunas personas que habían intentado lo mismo habían sido succionadas por el motor de la embarcación. Quizás en este punto aquello podría ser una bendición. Miré directo al frente, menos de veinte metros del punto de impacto. A esta distancia no había duda: o nos estrellábamos justo contra los contrafuertes de piedra o nos decapitábamos. No había espacio para pasar por debajo.

—¡*Gobi!* —grité, en un último intento—. ¡No!

Luego fue demasiado tarde y estábamos debajo, en una cavernosa oscuridad extendida al frente. Me agaché, dejé caer manos y rodillas, y escuché que el puente desgarraba la parte superior del techo de vidrio, y me cubría hombros y cabeza con un quebradizo rocío de vidrios, trozos de metal y astillas de madera. Se escuchó un chirrido rasposo y el bote por fin se detuvo, atorado a medio camino, bajo el arco de piedra.

Respiré. Aquí abajo estaba oscuro, hacía más frío y la única luz que nos iluminaba provenía del resplandor del panel de instrumentos. Adelante, Gobi seguía echada hacia el frente, doblada sobre el timón.

Escuché sirenas.

Me dispuse a saltar.

—Espera.

Miré alrededor. En las sombras a nuestra derecha, vi un segundo bote flotando a treinta o cuarenta centímetros de distancia, había sido atado a una argolla bajo el puente. Todo este tiempo había estado allí, esperando.

Estirándose, Gobi tiró de los nudos, se inclinó y encendió el motor. Activó un interruptor y pude ver una luz roja parpadear bajo la consola del otro bote. Aún inclinada, empujó el acelerador y envió el bote hacia adelante, al otro lado del canal.

Conforme nos alejamos, me di cuenta de que aquel bote se veía como el nuestro.

La miré. La primera ola de adrenalina había pasado y me dejó sintiéndome exprimido y tembloroso, lleno de preguntas que necesitaban respuesta inmediata.

—¿Por qué lo hiciste? —mi voz temblaba tanto que apenas podía emitir las palabras—. ¿Por qué mataste a Armitage? Él no...

Desde el otro lado del puente, una explosión abrió un hueco en el mundo. No fue tan sonora como grande —GIGANTES-CA— e hizo temblar todo el canal, vibró a través del agua que nos rodeaba, rebotó en los costados de los antiguos edificios tan fuerte que de verdad creí verlos temblar. Por mi mente atravesó la imagen del segundo bote que había estado esperando allí, el que se veía justo como el nuestro, el que ella había preparado, el señuelo. Un momento después, percibí el olor de humo en el canal, espeso y acre.

Gobi nunca me quitó los ojos de encima. Sentí un nudo cortante en la garganta, que me llenaba los senos paranasales y empujaba mis globos oculares. Sólo quedaba una pregunta y no quería hacerla. No que importara.

—¿Y Paula? —Gobi guardó silencio—. ¿Qué hay con Paula?

—Ella te habría matado.

—¿Por qué?

Gobi encogió ligeramente los hombros.

—Ya habías cumplido tu propósito.

—¿Y cuál era, exactamente?

—Hacerme salir para que los asesinos de Armitage acabaran conmigo.

Pensé en los tiradores apostados arriba.

—¿El francotirador en el techo...?

—Había más de uno. Armitage planeaba convertir la plaza en un campo de tiro.

—Un matadero —dije—, genial. ¿Un puto matadero? ¿Por qué?

—Porque sabía que yo estaba tras él.

La miré y sentí lágrimas de ira que me picaban los ojos y que no tenían nada que ver con el humo. Surgían de mi interior, donde mi estómago había estado una vez; un espacio que de alguna manera ahora estaba vacío y al mismo tiempo enfermizamente pesado, un profundo lugar de dolor, como si alguien le hubiera pateado los huevos a mi corazón.

—¿Cuánto tiempo lo habías estado... cazando?

—Kya me dio el encargo hace cuatro meses, después de lo de Nueva York, pero Armitage estaba al tanto.

Pensé en el tiroteo que había provenido de los techos, de los francotiradores en la catedral.

—¿Armitage sabía que tú estabas tras él?

Gobi asintió.

—¿Desde hace cuánto?

—Por lo menos desde agosto había estado intentando hacerme salir.

Agosto. Las náuseas dentro de mí se duplicaron sobre sí mismas como el mapa de un territorio conquistado y por un momento estuve miserablemente seguro de que iba a vomitar. Mi mente recordó la noche en que conocí a Paula en la fiesta en Brooklyn, lo fortuito que había sido todo, el modo en que ella había iniciado nuestra primera conversación y todo lo que siguió. Lo increíble que me resultaba que una mujer tan guapa pudiera interesarse en mí. Que deseara atraerme. Recordé la invitación a Europa. Venecia. La pistola.

Muévete y él muere.

—Sólo fuiste un peón, Perry —dijo Gobi—, ¿cómo se dice? Un *instrumento* para encontrarme —sentí un nudo en la garganta. Guardé silencio—. Es hora de irnos.

—No —di un paso atrás y mi talón chocó contra algo negro arrumbado bajo el asiento frente a mí. Trajes y máscaras de buzo. Tanques de oxígeno. Reguladores—. Oh, no —dije—, de ninguna manera.

Gobi se movía ahora más rápido, se colocaba un traje de buzo.

—A la mierda con todo, no lo haré. ¡Se acabó!

Ella escupió en la máscara y la enjuagó con agua del canal, revisó la válvula de oxígeno y me miró. Las sirenas sonaban muy cerca.

—Es una isla —dije—, continuarán buscándote.

—No ahora.

Ella apuntó con la cabeza en dirección a la explosión.

—Ahora estamos muertos, al menos hasta que no encuentren rastros de cuerpos.

—No podemos solamente...

Gobi me arrojó un par de aletas para nadar.

—No puedo seguir —dije—, voy a llamar a papá, él conseguirá un abogado. Me voy a casa.

—Eso ya no es posible.

—¿Por qué no?

Me miró de nuevo a través de la máscara de buzo, sus ojos observaron en mi interior. Ahí vi algo nuevo en su semblante. Tristeza.

Fue entonces cuando levantó el iPad de Paula.

23

"If There's a Rocket Tie Me to It"
Si hay un cohete, amárrenme a él

—Snow Patrol

La pantalla se había estrellado en el café, pero todavía funcionaba.

La miré y sentí que el mundo se ponía de cabeza.

En la imagen en la pantalla, mamá, papá y Annie estaban sentados en una banca de madera en una habitación sin ventanas. Las paredes detrás de ellos eran de un blanco turbio, el color de la nieve en marzo. Era una imagen muy nítida. De resolución excelente. Papá sostenía una copia de *The New York Times* ante la cámara, para dejar en claro la fecha de hoy. En su rostro comenzaba a notarse el crecimiento de la barba. Los ojos de mamá se veían inyectados de sangre, la punta de su nariz estaba roja, como si hubiera estado llorando. Pero Annie era quien se veía peor. Vestía una sucia camiseta rosa y sus jeans favoritos, se abrazaba a sí misma con rostro inexpresivo, como si se hubiera adentrado en su cabeza a buscar un lugar donde ya no tuviera que estar asustada nunca más.

—¿En dónde están? —me escuché preguntar.

Gobi negó con la cabeza.

—No lo sé.

—¿Qué?

—Es el iPad de Paula —dijo Gobi—, si yo no hubiera actuado esta noche, ella habría utilizado esta imagen para usarte.
—¿Con qué objeto?
—Encontrarme.
Negué con la cabeza.
—No.
—Peón, Perry. Piensa.
El sonido de las sirenas estaba prácticamente sobre nosotros.
Miré el iPad.
—¿Armitage hizo esto? —Gobi asintió—. Y tú lo mataste.
—Fue una asignación —dijo Gobi.
—¡Al demonio tu asignación! ¡Tu asignación logró que secuestraran a mi familia!
Yo quería arrojar el iPad tan lejos como pudiera.
—¡Tú mataste a Armitage! ¡La policía no sabrá siquiera en dónde empezar a buscarlos!
—No es cuestión de la policía.
—¿Qué?
Sólo me miró.
—Debo terminar.
—¿De qué estás hablando?
—Kya me dio varios objetivos. Monash fue el primero, luego Armitage —miró a otro lado—. Me falta uno.
—¿Quién?
—Tú sabes.
Por supuesto.
—Paula.
—Ella tenía razón sobre que la escopeta estaba vacía, y ya se nos había acabado el tiempo. Si hubiera hecho una pausa para recargarla y acabar con ella, los otros francotiradores me habrían matado.
—Espera —yo intentaba no perder lo poco de control que aún pudiera haber en mi sistema nervioso simpático, que no

parecía sentirse muy simpático hacia mí en ese momento—. Si ella es la única persona que queda con vida y sabe dónde está mi familia, la necesitamos, viva.

Gobi sostuvo el iPad de Paula, luego lo metió en una bolsa a prueba de agua y la cerró herméticamente.

—Tenemos todo lo que necesitamos.

—¿Estás segura?

—No hasta que tengamos un momento para revisarlo con cuidado —ella miró alrededor—. Necesitamos salir de aquí.

No tuvo que repetirlo.

24

"Hold Your Colour"
Mantén la cordura

—Pendulum

Dos personas salieron esa noche de Venecia a bordo de un tren-dormitorio de Eurostar, un hombre y una mujer que no le dedicaron ni una última mirada a la ciudad. Viajaban bajo los nombres de Myra Abrams y John Galt, con documentos de identidad completos recuperados de un casillero en la estación, junto con varias mudas de ropa limpia.

Antes de partir, habíamos conversado en murmullos en el andén, sin que uno mirara al otro:

—¿Cómo sabes que no nos seguirán?
—Sí lo harán.
—¿Qué?
—El segundo bote no los detendrá por siempre.
—¿Entonces…?

Gobi extrajo de su equipaje una carpeta llena de innumerables recibos e itinerarios.

—He reservado tres vuelos diferentes en el aeropuerto de Venecia, cuatro juegos de boletos de tren y la renta de dos coches. Eso debe comprarnos algún tiempo.

—Pero ¿cuánto, Gobi?
—¿Cuánto es suficiente?

Después de que el conductor revisara nuestros pasaportes, atenuamos la luz del compartimento y ella sacó el iPad de la bolsa hermética donde lo había guardado. Se había vestido con una camiseta blanca, una chaqueta de cuero y jeans, se había atado el cabello y lo había metido bajo una gorra verde estilo Mao, de visera baja, que hacía una labor decente en cubrirle el rostro. A primer vistazo se veía como cualquier otra joven viajera que mataba el tiempo en una noche larga. Mirando por encima de mi hombro, alcancé a ver los primeros encabezados de CNN que anunciaban con bombo y platillo el asesinato de George Armitage. Había demorado menos de una hora para que la onda de choque se extendiera globalmente. Gobi no me ofreció el iPad y yo no pedí verlo. Cualquier cosa que hubiera pertenecido a Paula y que yo tuviera que tocar, primero habría que desinfectarla. La sentiría tan contaminada como mis recuerdos de ella.

En cambio, miré la carpeta de los recibos de tren y boletos sin usar.

—¿Entonces a dónde vamos en realidad?

—Zermatt.

—¿Por?

Ella sostuvo el iPad.

—Allí está alguien que podría ayudarnos con esto. Rastrear la imagen. Encontrar a tu familia.

—Bueno, sólo intenta no matarlos antes de que los chicos malos lo hagan.

—Si no es demasiado tarde.

—¿Por qué sería tarde?

Parecía que Gobi no contestaría la pregunta, pero en el último momento cedió.

—Armitage sólo retenía a tu familia para llegar a mí. Ahora que está muerto... es sólo cuestión de tiempo.

—¿Tiempo para qué? ¿Quieres decir para que el resto de la organización decida no seguir manteniéndolos con vida?

Esta vez no rompió el silencio.

—¿Cuánto tiempo? —insistí, sin obtener resultados. No es que yo esperara uno a estas alturas—. Quizá la policía... —la miré fijamente.

—Perry, ya te dije —encontró mi mano y la sostuvo—, ninguna policía del mundo puede ayudarte con esto ahora.

—Eso no lo sabes.

—¿Quieres bajarte del tren?

Señaló hacia la oscura campiña italiana que pasábamos a toda velocidad.

—En la siguiente parada, ¿quieres intentarlo? Adelante. Cuéntales tu historia a las autoridades, a ver qué tan lejos llegas.

—Quizá lo haga.

Mantuvimos nuestras posiciones así unos segundos, ninguno pronunció palabra. Luego, odiándola más que nunca, señalé la imagen de Armitage en la pantalla.

—¿Quién era él en realidad?

—Un objetivo.

—¿Qué más?

—Eso es todo.

—Entonces por qué ese tipo Kya te contrató para...

Exhaló con cansancio, con un sonido totalmente ajeno a ella.

—Estoy exhausta, Perry.

—¿Ah, sí? Pues cómo lo siento, pero de no ser por ti y tu manía homicida, mi familia y yo no estaríamos en esta situación, así que creo que tengo derecho a alguna clase de explicación, ¿de acuerdo?

Gobi se estiró y apagó la luz. Nos sentamos en la oscuridad un momento largo, arrullados por el movimiento del tren. Finalmente, habló.

—Hace tiempo, Armitage ayudó a gente a comprar cosas —dijo Gobi.

—¿Qué clase de cosas?

—Armas.

Gobi hizo un gesto con las manos.

—Él era un... ¿cómo se dice? *tarpininkas*... un intermediario.
—¿Entonces por qué tu amigo Kya lo quería muerto?
—Mala sangre.
—¿Eran parientes?
—Exsocios. Ambos abastecían a las mismas facciones. Dictadores tercermundistas. Caudillos africanos. Les vendían las armas que necesitaban. Cuando Armitage migró a los negocios legítimos, hace diez años, Kya comenzó a preocuparse por la discreción de su antiguo socio.
—Así que Kya te contrató para matar a Armitage, Monash y Paula.
—No me contrató —dijo Gobi.
—¿Por qué sigues diciendo eso?
Yo intentaba mantener la voz baja en el compartimento del tren dormitorio, pero no era fácil.
—Si no te están pagando por matar a toda esta gente, ¿entonces por qué lo haces?
Ella no respondió, ni siquiera cuando finalmente me cansé de esperar y busqué su brazo y la jalé hacia mí. Su cabeza se meneó de un lado a otro, y en la luz de un túnel que pasamos, vi que sus globos oculares parecían mirar el interior de su cráneo. Un ataque, en el peor momento posible. Nunca parecía padecerlos en ninguna otra circunstancia.
—¿Gobi?
Su piel estaba fría y pegajosa y cuando intenté moverla, su cuerpo estaba suelto, sin resistencia alguna en los músculos o las articulaciones.
Toqué su rostro y sentí algo húmedo y pegajoso.
Primero creí que podría ser sudor. Luego vi mis dedos y noté que estaban rojos. Le brotaba sangre de la nariz y de la comisura de los labios, y le cubría la barbilla y el cuello. Ya había empapado todo el frente de su camiseta.
—Oh, mierda —dije, levantando su cuerpo inerte—, Gobi, ¿qué rayos...?

Entonces su boca se abrió y emitió un sonido de *clic*. Todavía le brotaba mucha sangre de la nariz y quizá también de la boca. Sin más, pensé en lo que el tipo de la barba, Swierczynski, nos había dicho la noche anterior.

La bala ya está en tu cabeza.

Intenté repasar con claridad lo que estaba pasando. La sangre no tenía sentido. No le habían disparado en la *piazza* de San Marcos, y no había manera de que ella hubiera estado caminando por todas partes con una bala real en la cabeza.

Tomé su muñeca y le busqué el pulso. Era irregular, y cuando miré su pecho levantarse, noté que respiraba superficialmente y con mucho esfuerzo.

—Mira, no sé qué hacer ahora —dije—, ¿hay alguna inyección o algo que pueda darte?

Sus ojos parpadearon hacia mí, en silencio e impotentes. Seguía sin decir palabra cuando empecé a buscar entre la bolsa de manta que había sacado del casillero de la estación de trenes de Venecia. Adentro hallé pasaportes y documentos falsos, dos botellas de agua, una mascada de seda, gafas de sol, un mapa de Eurail y los horarios de los trenes, un grueso fajo de euros, un lápiz labial y algunas balas sueltas. Nada de medicinas, de mensajes, de claves.

En el fondo, mi mano encontró una llave metida entre las costuras. Era una buena pieza de bronce; primero pensé que sería la llave del hotel de Venecia. Luego me percaté de que tenía una etiqueta completamente distinta. Decía:

Hotel Schoeneweiss, Zermatt

Regresé la llave a la bolsa, mojé un poco la mascada e intenté limpiar la sangre de su rostro, finalmente subí la cremallera de la chaqueta para cubrir la camiseta manchada. Creo que después de todo, ya sabía a dónde íbamos.

Junto a mí, Gobi empezó a temblar.

25

"Everybody Daylight"
¡Ya es de día, mundo!
—Brightblack Morning Light

No supe en qué momento dormí, pero ahora ya me había despertado. El tren disminuyó la velocidad, el ritmo de su avance cambió y fue esa variación la que me sacó de un sueño tan profundo que sentí como si hubiera despertado de una anestesia o de una hipnosis. Una vez me hipnotizaron en una fiesta y cuando salí del trance me sentí como ahora, abrumado e incómodo. *Voy a empezar a contar desde diez hacia atrás y cuando llegue a uno, estarás totalmente despierto...*

Me erguí. Tenía la boca seca y mantener los ojos completamente abiertos iba a requerir un par de mondadientes y mucha cafeína.

Estábamos arribando a una estación. La pantalla de video al frente del vagón decía: Zermatt. Miré alrededor y me puse en guardia ante cualquiera que hubiera podido estar observando, pero los otros dos únicos pasajeros en este lado del compartimento eran un par de *hippies* mochileros, una chica y un chico. Estaban recargados uno en el otro, bajo una pesada cobija de Hudson Bay y sus cuerpos aún se movían juntos, a juego con la velocidad descendente del tren.

Junto a mí, Gobi estaba desplomada, pálida e inmóvil, recargada sobre mi hombro. En algún momento de la noche había dejado finalmente de temblar y había caído en una especie de sopor superficial. Tenía un recuerdo nebuloso de haber cambiado de trenes, bajar del TGV en mitad de la noche, ayudarle a atravesar por algún desolado punto de revisión fronteriza a las tres de la mañana, pasar a dos vigilantes del turno nocturno que nos miraron lascivos desde un puesto de periódicos cerrado, murmurando algo en un inglés mal aprendido de la televisión acerca de un tipo que arrastraba a su puta a casa después de una noche dura. De allí subimos a un tren regional de Suiza, mostramos nuestros pasaportes y pases de abordaje a un oficial distraído que los marcó y nos los regresó de inmediato.

Ahora nos habíamos detenido por completo, los primeros rayos del sol descendían en picada desde los Alpes y llenaban el compartimento con una quebradiza luz anaranjada para la que no estaba ni remotamente preparado.

—Despierta.
—¿Ugh?
—Ya llegamos.

Moví el brazo, y Gobi se movió sin ganas hacia este lado de la conciencia, haciendo un sonido áspero con la garganta. Me puse de pie, la levanté bajo mi hombro y la arrastré por el pasillo; la guié para que descendiera la escalera hacia la plataforma principal, hasta que empezó a sostener su propio peso. Afuera, el aire era seco y glacial, y olía levemente a pino, un aroma casi dolorosamente limpio. Le coloqué las gafas de sol para cubrir su rostro tanto como fuera posible, y la arrastré a la luz del día.

El reloj de la terminal marcaba las siete pasadas. Afuera de la estación, los esquiadores y turistas más tempraneros ya se dirigían hacia las pistas. La calle principal no albergaba verdaderos coches, sólo pequeños vehículos a diésel y minitaxis eléctricos que llevaban a la gente a los chalets y a las tiendas aún cerradas, repletas de relojes de pulsera, tarjetas postales y relojes cucú a precios estratosféricos. Un estandarte decorativo rojo y verde volaba al viento anunciando alguna clase de festival:

```
ClauWau Fest!! - 25-27 Nov
```

Le entregué a uno de los conductores un billete de veinte euros que saqué de la bolsa de Gobi y le pedí que nos llevara al Hotel Schoeneweiss.

—*Wohin?* —dijo el hombre, mirándome sin comprender. Vestía una gorra de golf debajo de un pelo cano, tenía una papada de perro quemada por el viento, los ojos grises llorosos y el bigote de un pistolero colgando de su labio superior.

—¿Hay algún problema? —pregunté, intentando sostener disimuladamente la cabeza de Gobi en su lugar.

—Este hotel no está en Zermatt, *mein Herr*.

—Tiene que estar —le mostré el llavero que había encontrado en la bolsa de Gobi para que leyera la etiqueta—, mire.

El conductor inspeccionó el llavero largo tiempo, y con un gesto lúgubre nos indicó que entráramos al auto.

Al otro extremo de la calle principal, más allá de todas las tiendas y posadas, el taxi se detuvo frente a una pequeña fachada de madera que parecía estar construida directamente a un costado de la montaña. La ventana de la tienda estaba repleta de botellas de vino polvorientas. El letrero grabado a mano, arriba del bajo arco de la puerta decía VINOTHEKE — WEINE — SPIRITUOSEN.

—Parece una licorería —dije.

Con su entradita baja como una cueva, decorada en un estilo folclórico, parecía como si Bilbo Bolsón pudiera pasar por allí en cualquier momento a recoger una botella de *eiswein*.

—¿Está seguro de que es aquí?

El conductor gruñó y apuntó hacia lo alto, a una hilera de ventanas aún más pequeñas, arriba del expendio de vinos y licores. Una pequeña placa grabada a mano, no mayor que una de auto, rechinaba hacia adelante y hacia atrás en la brisa: SCHOENEWEISS.

Miré la oscura entrada.

—¿En dónde nos registramos?

—El Hotel Schoeneweiss nunca tiene huéspedes.

—Parece que es un magnífico lugar —musité, y cuando abrí la puerta trasera del auto para ayudar a Gobi a descender del taxi, ella se desplomó a un lado y se tambaleó hacia mis brazos. Apenas logré atraparla, y cuando lo hice, me di cuenta de lo mucho que había avanzado su malestar.

Sus ojos medio abiertos estaban vidriosos, como si a Gobi se le hubiera olvidado cómo pestañear. Sus labios partidos colgaban ligeramente abiertos y, en ese momento, honestamente no sabía si estaba respirando o no. Su nariz y boca sangraban de nuevo, no mucho, pero lo suficiente para que le escurriera por la barbilla. Me incliné hacia ella y miré al conductor.

—¿Hay algún hospital cerca de aquí?

El conductor lanzó una mirada hacia Gobi y decidió que su labor ahí había terminado, así que aceleró y se alejó de prisa, dejándonos a mitad de la calle. El peso de mi equivocada toma de decisiones, y la desconfianza en mí mismo y en los demás, me cayó encima como uno de esos cobertores infectados de viruela que supuestamente la Caballería de Estados Unidos había entregado a los indios apaches. ¿Por qué había decidido no probar suerte con la policía italiana?

Una lúgubre voz de mi Perry interior expresó mis sospechas más oscuras: *Porque te habrían arrestado, y ella habría muerto y nunca encontrarían a tu familia.*

La cruda realidad de esto me atravesó como un instrumento de acero que laceraba un nervio expuesto. Cada segundo de duda, cada momento que yo vivía sin actuar, significaba que papá, mamá y Annie estaban mucho más cerca de...

De la muerte. Lo sabes. Ésa es la palabra.

Estaba intentando decidir si debería correr a buscar alguna clase de clínica de emergencia cuando una mano fría me tomó de la nuca y me pellizcó con dedos y pulgar los tendones de ésta. Un agudo relámpago de dolor me atravesó ambos brazos antes de que se me quedaran totalmente dormidos.

La voz en alemán en mis oídos era tranquila, casi un susurro.

—Déjame verla.

26

"Hurt"
Duele

—Nine Inch Nails

—Déjame adivinar —dije—, ¿Kya?

El tipo que estaba detrás de mí no respondió. Le calculé unos treinta años, guapo de manera descuidada. Vestía pantalones de lana café con una camisa de franela descolorida, las mangas enrolladas en los antebrazos, con una barba de dos días y espeso cabello negro que le caía sobre la frente. Tenía ojos despiertos e inquisitivos, y la clase de labio superior y barbilla que lo hacían verse como una estrella de películas de medianoche de los cincuenta, excepto que en este momento no parecía importarle un comino qué aspecto tuviera.

—Ayúdame a llevarla adentro —dijo, con la misma suave voz alemana. Y luego, tocando la barbilla de Gobi suavemente, girándole la cabeza le dijo:

—Ya todo está bien, Zusane, aquí estoy.

La cargamos dentro de la vacía licorería, un rectángulo oscuro retacado de cosas donde parecía que nadie hubiera comprado champán ni nada en años. Al pasar por el mostrador con su caja registradora cubierta, noté que cada repisa tenía una sola hilera de botellas, lo suficiente para darle el aspecto exterior de un comercio bien abastecido. No sólo estaba vacía la mayoría, sino que, además, estaban cubiertas con unos tres centímetros de polvo.

En la parte de atrás, la tienda daba paso a un par de puertas que conducían a una escalera angosta. Yo sostenía las piernas de Gobi y el tipo sus brazos, quien subía las escaleras hacia atrás con cuidado mientras yo intentaba que sus pies no se arrastraran.

—¿Cuánto tiempo tiene así? —preguntó.
—Desde anoche —lo volteé a ver—. ¿Quién...?
—Por aquí.

En la cima de las escaleras entramos por una puerta a una enceguecedora extensión de luz. En contraste con la lúgubre licorería de abajo, el segundo piso era una habitación inmaculada con pisos de pino y, en la pared de atrás, un espejo gigante.

Me tomó un momento darme cuenta de que era un gimnasio. Llevamos a Gobi cargando, pasando por pesas y mancuernas, barras paralelas, vigas, colchonetas, incluso un caballo con arzones y un muro para escalar que ocupaba una pared entera. Aparatos de boxeo como costales pesados, muñecos para entrenar y peras, colgaban del techo. La parte final estaba dedicada a toda clase de artilugios para artes marciales de aspecto peligroso; guantes y máscaras para entrenar, proyectiles, espadas, cuchillos y una enorme vitrina asegurada para armas de fuego, que relucía con pistolas automáticas bien aceitadas, suficientes para borrar del mapa esta esquina de Suiza. El efecto acumulativo era como tomar un rápido viaje a través de la evolución de la máxima fantasía adolescente de venganza, pasando por *primero me haré fuerte* hasta *luego te arrepentirás*. Ver todo de golpe, era un poco más perturbador.

—¿Dónde guardas las ojivas nucleares? —pregunté.

Ignorándome, el hombre abrió una puerta al otro lado. Adentro alcancé a ver la decoración residencial, pisos de mármol, un largo sofá de cuero, mesas de acero y vidrio, lámparas

empotradas. Creí escuchar una guitarra hawaiana tocando suavemente en algún lugar.
—Quédate aquí.
—Un momento...
Él se llevó a Gobi y me cerró la puerta en la cara.

27

"99 Problems"
99 problemas

—Jay-Z

Lo que no fue muy agradable.
 Anduve inquieto por el gimnasio, revisando todo aquel mundo de acero negro y cromo, sin ver nada en realidad, pensando en todas las cosas que habían salido mal hasta ahora y esperando a que el tipo regresara. Como no lo hacía, regresé a la puerta que conducía hacia abajo, pero la manija no cedió. Aparentemente, como cereza en el pastel, ahora estaba encerrado en el gimnasio más grande y letal del universo.
 Mi estómago vacío abrió de golpe sus puertas con un gruñido que no era necesariamente hambre, sino un rotundo lamento sobre las condiciones en general. En algún momento de la noche había roído una galleta de chocolate bávaro de extraña forma, que venía en un huevo de plástico morado, y me la había pasado con dos latas de una bebida energética alemana, dulce y pegajosa, pero ¿cuándo fue la última vez que había comido en realidad?
 ¿Y qué tal tus padres y Annie? ¿Crees que alguien los esté alimentando?
 Mis pensamientos viajaron hacia ellos tres, encerrados quién sabe dónde, y me sentí un poco avergonzado de mí mismo y mis problemas. Esperaba que al menos los dejaran ir al sanitario

como Dios manda. Annie, en particular, solía ponerse inquieta cuando tenía que aguantarse, como en los viajes largos en auto.

Pensando en eso, en los tres, pero en especial en Annie, sentí una navaja de ira hacia Armitage por lo que había hecho. ¿Qué clase de cerdo le hace algo así a una niñita? Durante veinticuatro horas el nombre de George Armitage sonó a un contrato para grabar discos y ser estrella de rock. Ahora todo eso había desaparecido, en realidad nunca existió para empezar, y yo estaba contento de que estuviera muerto.

A menos que el hecho de que estuviera muerto le fuera a costar la vida a mi familia.

No pienses en eso, sugirió una voz en mi interior.

Sin embargo, esa técnica no había estado funcionando últimamente. En cambio, me encontré mirando la vitrina cerrada llena de ametralladoras, pistolas y rifles, hilera tras hilera de ellas brillando como la negra sonrisa de la guerra misma.

Fue entonces cuando se abrió la puerta y el tipo regresó.

—Quizá debamos empezar con las presentaciones.

Se estaba limpiando las manos en una toalla, flexionando los dedos, haciendo puños grandes y musculosos, la clase de sujetos que parece tener el doble de nudillos.

—Yo sé quién eres, pero tú no me conoces. Yo no soy Kya y no sé quién sea ese tal Kya.

—Sin ofender —dije—, pero en este momento me importa un cuerno esto de presentarnos. La única razón por la que estoy aquí con Gobi es porque ella pensó que podríamos encontrar...

—A tu familia —dijo—, sí. Te refieres a Phillip y Julie Stormaire y a tu hermana Annie, de doce años, última residencia conocida, 115 Cedar Terrace, East Norwalk, Connecticut, Estados Unidos, paradero actualmente desconocido.

—¿Cómo sabes eso?

—Ella me lo dijo.
—¿Gobi?
—Zusane.

Asentí. Zusane había sido el nombre de Gobi antes de que ella tomara el de su hermana muerta, Gobija, e ingresara de contrabando en Nueva York, para vengarse de un cáncer humano llamado Santamaria. Sentí el recuerdo lejano, como si le hubiera pasado a un tipo totalmente diferente.

—Soy Erich Schoeneweiss —metió la mano en su bolsillo, sacó la llave que había encontrado en la bolsa de Gobi y luego le empezó a dar vueltas en su mano—. Debes saber que haber traído a Zusane aquí es la cosa más peligrosa que podrías haber hecho —me miró de frente—, y probablemente también le salvaste la vida.

—Me lo puedes agradecer más tarde.

—Estoy haciendo indagaciones para averiguar el paradero de tu familia. Puede que obtengamos información útil, puede que no. Lo sabremos pronto.

—¿Qué tan pronto?

—Una hora, quizá dos.

—¿Y luego qué?

—Ésa es tu decisión —dijo, y por primera vez noté lo incoloro de sus ojos, de un gris plateado, como el hielo cuando se endurece sobre la nieve vieja, del tipo que puede cortarte un tobillo si lo pisas en el ángulo equivocado—. Sólo te pido que, si decides notificar a las autoridades, seas discreto en cuanto a mi participación.

—No debo mencionar tu nombre —asentí—, entiendo —lo miré—. ¿Por qué dices que haber traído a Gobi aquí es la cosa más peligrosa que pude haber hecho?

Erich parecía dudar, como si estuviera sopesando sus palabras con cuidado. Antes de que pudiera formular una respuesta, la puerta detrás de nosotros se abrió de golpe, era Gobi.

No podía creer lo repuesta que se veía. Vestía una bata de franela blanca y pantuflas, y llevaba el cabello envuelto en una toalla. El color había regresado a sus mejillas, y sus ojos se veían claros y brillantes, totalmente alertas y orientados en lo que la rodeaba.

Se dirigió a Erich, se inclinó, le tomó la mano y le murmuró algo en alemán. Él sonrió y le respondió, apretándole los dedos. Luego ella me miró a mí.

—Gracias, Perry.

—De nada —dije, sin expresiones—, es decir, sí, lo que sea. Encontré la llave en tu bolso, y no sabía a dónde más ir, así que...

—Hiciste lo correcto.

Gobi miró el gimnasio y se estiró sobre los dedos de los pies.

—Pasé tres años en este lugar —dijo—, preparándome para mi viaje a Estados Unidos.

—¿Te entrenaste aquí? —miré a Erich—. ¿Con él?

Ella lo miró y Erich asintió con la misma mirada inexpresiva y fría en los ojos.

—En este país —dijo él— todo hombre debe servir en las fuerzas armadas. Cuando mi padre salió, construyó este... hotel. Lo operamos hasta su muerte, yo lo heredé. En realidad no es un hotel.

—¿No, en serio? —miré las hileras de ametralladoras colgadas en las paredes—, estaba por preguntar por el minibar.

Erich sonrió amablemente.

—Hay un dicho en ciertos círculos de la comunidad de inteligencia: Herr Schoeneweiss administra un hotel en Zermatt que nunca tiene huéspedes. Sin embargo, sí ofrecemos alojamiento a ciertos clientes especiales de manera privada.

—¿Clientes especiales?

—No todo lo que enseño aquí es estrictamente legal. De hecho, mucho de ello es muy ilegal. En el sótano hay un campo con aislamiento acústico para demoliciones y fusilamientos. Inteligencia, supervivencia, tácticas de evasión e interrogación, infiltrado de comunicaciones y vigilancia. Lo único de lo que no doy clases es...

—¿De manejo?

Erich elevó una ceja, notablemente sorprendido.

—¿Cómo lo sabes?

—Adiviné.

Estaba pensando en Broadway y Union Square, el olor a neumático quemado, mientras yo viraba hacia la calle 14, con Gobi a mi lado, calculando distancias.

—Yo mismo he hecho algo de eso.

Erich finalmente me permitió entrar en sus habitaciones, donde me di una ducha y me puse un par de jeans ligeramente grandes y una camiseta negra de mangas largas que, no obstante, se sentían muy bien, comparados con el superlujoso euro-traje que había usado en Venecia. Cuando salí, él estaba en la cocina, picando ajo, y Gobi preparaba tazones de fruta. Me quedé viendo, mientras ella rebanaba a toda velocidad piña, mango y melón. Era como ver un triturador de alto octanaje diseñado por Operaciones Encubiertas y la cadena televisiva Food Network.

—¿Qué es eso? —pregunté.

—Huevos con espinacas.

—No eso —señalé—, *eso*.

Erich miró sobre su hombro a la habitación adyacente, hacia el monitor de la computadora sobre el escritorio. Reconocí el iPad de Paula conectado al gabinete mientras una fila interminable de direcciones IP se desplazaba hacia arriba por la pantalla.

—Estoy escaneando los mensajes entrantes y salientes del iPad, específicamente el correo de la foto que recibió. Dependiendo del nivel de encriptación que tu novia haya usado...

—Exnovia.

—Claro.

Tomé aliento.

—¿Ha habido suerte?

—Sí, algo.

Caminó hacia el escritorio e hizo clic con el mouse, frenando el flujo de datos para revisar líneas individuales de código.

—Desafortunadamente, parece que la gente de Armitage estaba reenrutando los mensajes a través de varios servidores. De acuerdo con esto, tu familia podría estar en Reikiavik, Puerto Príncipe o Las Vegas, o en cualquiera de varias ciudades europeas.

—¿No lo puedes señalar más específicamente?

—Necesitaremos más tiempo, y quizás equipo más rápido que el que tenemos aquí.

Sacó un teléfono y miró a Gobi mientras salía de la habitación.

—Discúlpenme.

Esperé hasta escuchar que la puerta se cerraba a sus espaldas, y miré a Gobi al otro lado de la mesa. Ella había terminado su tazón de fruta y estaba buscando algo más que devorar.

—Entonces, cuando estabas entrenando con él, tú... ¿te quedabas aquí?

Sonrió y bajó el cuchillo.

—¿Quieres decir que si dormíamos juntos?

—Olvídalo —dije—, no es de mi incumbencia.

—Cuando llegué por primera vez, mi vida había sido destrozada por lo que le había pasado a mi hermana —su sonrisa se borró—. Estaba consumida por la ira y el dolor. Erich me enseñó muchas cosas.

—Comprendo.

Ella elevó una ceja.

—No deberías hacer preguntas, Perry, si no deseas escuchar las respuestas.

—Como sea.

—Estás celoso.
—Por favor.
Sentí las puntas de las orejas rebozar de calor, una sensación incomodísima, en especial porque sabía que, para cualquiera que me viera, era obvio que me estaba sonrojando.
—Tú y yo...
—Sigues siendo virgen, ¿cierto?
—Vaya —dije—, un tema *tan* relevante de conversación a estas alturas.
—Esa mujer, Paula, todo el tiempo que estuvieron juntos, ella y tú nunca...
—Ella no era la adecuada —espeté.
No tengo idea de dónde salió *eso*. Ciertamente no pretendía decirle a Gobi más de lo que ya sabía de mi vida, y hasta ese momento, en realidad nunca había pensado en por qué Paula y yo no habíamos tenido sexo. Sólo asumí que se trataba de mi inercia virginal pendiente, temor a lo desconocido, lo que fuera, y que lo manejaría en privado. Sin embargo, allí estaba ahora, en el corazón de Suiza, diseccionando la cuestión bajo luces brillantes como el sapo destripado que era.
—¿Estás buscando alguien tranquilo? —preguntó.
—Pues mira —dije—, justo en este momento me conformaría con alguien que no intentara matarme.
—Leí todos los correos que enviaste, Perry, hasta el último —ahora estaba sentada justo frente a mí, tan cerca, que podía escuchar su respiración—. ¿Sabes lo duro que fue para mí no responder, no decirte en dónde estaba?
—Sí, claro, hiciste lo correcto, digo, no podemos ni siquiera compartir el mismo continente sin que alguien termine asesinado.
Frunció el ceño falsamente.
—¿Entonces, terminamos?
—¿Qué?
—Tú y yo.

—Claro que terminamos, sí.

—Bien, pues quien quiera que sea ella —Gobi volvió a sonreír y recogió los platos para colocarlos en el lavabo—, espero que la encuentres antes de que logres que te maten.

28

"King of Pain"
El rey del dolor

—The Police

Después de un desayuno tardío me recosté en el sillón de Erich, apoyé la cabeza en el descansabrazos y dejé que los párpados se me cerraran. Pretendía descansar sólo un minuto, pero el viaje de la noche anterior debió haberme dejado totalmente rendido, porque cuando al fin abrí los ojos, largas sombras llenaban el estudio y se sentía que ya era tarde.

—¿Qué hora es? —me senté, desorientado, intentando comprender en dónde estaba—. ¿Cuánto tiempo he dormido?

Erich me miró.

—Casi todo el día.

—¿Por qué no me despertaron?

—Parecía que necesitabas descansar.

Él llevaba un *judogi* blanco de tejido pesado con un grueso cinturón que pude reconocer porque había tomado un año de judo cuando tenía nueve años.

—¿Qué ha pasado? ¿Qué me he perdido?

—¿Erich?

La voz de Gobi llegaba de la entrada. Veía el uniforme blanco de artes marciales de Erich, con una expresión de placer puro, infantil, en el rostro.

—¿Vamos?

—Debes prometerme —dijo Erich— no usar toda tu fuerza. Gobi asintió.
—Tendré piedad contigo.
—Lo digo por ti.
—Sé lo que quieres decir —dijo ella y lo siguió al gimnasio.

Veinte minutos más tarde, después de que Gobi sujetara a Erich y lo arrojara sobre su hombro en un montón de colchonetas, lo miré caminar a donde yo estaba de pie —lo admito, completamente atemorizado— en una esquina junto a la vitrina de armas. Respiraba y sudaba profusamente, se frotó un codo y me sonrió con pesar.
—No me gustaría ver toda su fuerza —dije.
Él no respondió de inmediato. Al otro lado del gimnasio, Gobi, descalza, vaciaba una botella de agua sobre su cabeza, sacudiendo las gotas de su cabello. Estaba usando un *judogi* similar al de Erich, que se ajustaba a sus curvas perfectamente, como si hubiera sido hecho a su medida y hubiera estado esperando a que ella regresara.
En la duela, ella y Erich se movían como dos personas que conocían el cuerpo del otro a un nivel íntimo, golpeando y girando y sujetándose con una familiaridad, incluso placentera, que me confirmó todo lo que yo podía haber imaginado de su relación anterior. Verlos me hizo sentir como un voyerista, como si estuviera espiando algo privado.
Cuando terminaron, miré alrededor a los otros sacos y equipos de entrenamiento, luego miré de nuevo a Erich, y dije unas palabras que nunca creí pronunciar.
—Enséñame a pelear.
Erich me miró por el rabillo del ojo, desconcertado.
—No lo creo.
—Yo *sí* lo creo —me enderecé—, vamos, ahora, adelante.
—Perry, pasé tres años entrenando a Zusane.
—Se llama Gobi —dije.

—Irrelevante. Sólo el acondicionamiento requiere toda una vida de disciplina.

—¿Ah, sí? Ya lo veremos.

El lado lógico de mi cerebro sabía que por supuesto él tenía razón. Lo que yo estaba pidiendo era el equivalente de esa escena en *The Matrix*, donde Trinity y Neo necesitan pilotar un helicóptero, así que sólo piden se les transfiera esa información directo a su cerebro.

—¿Por qué de pronto quieres aprender a pelear?

—Defensa personal.

—¿Contra...?

—Ya sabes, quien sea.

Erich me miró pensativo. Los discos claros, casi incoloros de sus ojos, parecían estar midiéndome. Sentí que quizás él estaba haciendo un cálculo preciso de lo que yo era en ese momento: alguien desesperado, fuera de su ambiente, el equivalente emocional de un topo desnudo.

—No necesitas preocuparte por ella.

—¿Ah, sí? —pregunté, dudando de si tendría alguna idea de lo que ella me había hecho pasar hasta ahora.

Erich sólo meneó la cabeza.

—Ella siempre te protegerá, sólo dile: *Aš tave myliu*.

—¿Qué significa?

Volvió a sonreír, débilmente.

—Algo de lituano conversacional.

—¿Perry? —Gobi entró con toda tranquilidad, con el cabello y uniforme empapados, y no pude evitar notarlo, pero con el agua que se había derramado en la cabeza, este último se había pegado a su piel y casi se transparentaba. Ella me tendió una mano—. ¿Quieres jugar?

Empezamos con judo. Y allí fue donde terminamos. Gobi dijo que me enseñaría un agarre básico de hombros a dos brazos, y fue lo más complejo a lo que llegamos. Luego ella metió su codo bajo mi brazo y antes de darme cuenta, yo estaba de cabeza en el suelo, y sentía que la columna se me había desbaratado como un rompecabezas.

—¿Perry? —su rostro y el de Erich aparecieron sobre el mío, mirando hacia abajo, ninguno de los dos lucía preocupado—. ¿Estás bien?

Traté de decir que no, pero hablar implicaba respirar, y todavía no averiguaba cómo hacerlo. Un momento después oí a Gobi decir algo de darse una ducha, y descubrí que, estando solo, probablemente me podría arrastrar hasta enderezarme.

—Ella no está bien —dijo Erich mientras regresábamos a las habitaciones.

—¿Ella? —logré preguntar, intentando ignorar la sensación de que mi esternón había sido quebrado, como si me hubieran hecho cirugía a corazón abierto sin haberme dormido primero—. ¿Y yo?

—Me dijo que no había logrado completar su misión en Venecia.

—¿Armitage? Créeme, ella no falló.

—El *primer* objetivo —Erich dijo—, el hombre disfrazado de sacerdote. Es la primera vez que le pasa.

—Sí, lo creo.

Pensé en el tipo calvo en el baúl, que abrió los ojos en el canal, y luego miré a Gobi en el gimnasio.

—Ella se ve bien ahora.

—Los corticoesteroides que le di detuvieron el sangrado y le restauraron la fuerza temporalmente, pero... —Erich meneó la cabeza— yo no soy doctor. Mis habilidades médicas se limitan a las técnicas de emergencia para traumas en el campo de batalla que aprendí en el ejército suizo, y lo que pude aprender de aquí y de allá. Pero desde la última vez que la vi, su condición ha empeorado considerablemente.

—¿Te refieres a la epilepsia?

Me miró en silencio.
—¿Eso es lo que te dijo, que tenía epilepsia?
—Sí, epilepsia del lóbulo temporal, como Van Gogh. ¿Por qué? —Erich guardó silencio—. ¿Estás diciendo que no la tiene?
—La epilepsia normalmente no causa hemorragias internas ni estados tan intensos y prolongados de demencia.
—¿Cuándo tuvo demencia?
—Cuando la trajiste aquí —dijo—, estaba muy desorientada. Me dijo que tú eras su último objetivo. Juró que la habían contratado para matarte.
—¿Qué?
Erich meneó la cabeza.
—Si le preguntas ahora, dice no recordarlo, pero en ese momento...
—Entonces, si no es epilepsia —pregunté—, ¿qué la hace actuar así?
—¿Alguna vez te contó cómo se hizo la cicatriz que tiene en la garganta?
—No —le dije mientras lo seguía—, ¿por qué?
Erich atravesó la sala hasta donde estaba la computadora todavía conectada al iPad de Paula y empezó a teclear, sin mirarme.
—Un momento, ¿qué pasó?
—¿Qué pasó con quién? —preguntó Gobi detrás de mí. Me volví a mirarla y vi que seguía en el *judogi*, bebiendo un gran vaso de agua. Su mirada pasó rápidamente de mí a Erich y luego otra vez a mí. Cuando ninguno de los dos respondimos, descansó el vaso sobre la mesa y dio un paso hacia nosotros, repitiendo la misma pregunta con una callada intensidad.
—¿De qué están hablando?
Luego los sonidos del tecleo continuaron y escuché una voz que se oyó por toda la estancia, desde los monitores de la computadora conectados al iPad de Paula.
Era la voz de mi padre.

29

"Family Man"
Hombre de familia

—Hall & Oates

—No sé adónde se fue ella —decía papá en los altavoces—, no sé cuándo volverá.

Miré sobre el hombro de Erich hacia el monitor. En la pantalla, mamá, papá y Annie estaban sentados en el piso de la misma habitación de color blanco sucio donde los habían fotografiado antes, ninguno de ellos veía a la cámara. Annie estaba dormida, y mi mamá le sostenía la cabeza y los hombros en sus brazos, acunándola como a un bebé. Si no supiera la verdad, podría pensar que se trataba de tres viajeros varados en la terminal de United en el aeropuerto de O'Hare, esperando a que el clima se normalizara. Papá tenía las mangas de la camisa enrolladas. El periódico que había sostenido antes estaba tirado en una pila gris y arrugada a su lado, junto con algunos platos vacíos, envolturas y botellas de Evian. Eso me hizo sentir mejor, al menos alguien los proveía de agua y comida.

Mamá miró a papá.

—¿Intentarás hablar con ella? —preguntó en voz baja, como si no quisiera molestar a Annie, pero el micrófono lo captó claramente.

—No sé qué es lo que esperas que diga —contestó papá.

—Ciertamente no tuviste problemas con eso antes.

Él miró a mamá.

—¿De veras, Julie? ¿Vamos a discutir sobre eso ahora?

—Debería haberlo sabido —dijo mamá sin énfasis, mirando el suelo, sobándose las sienes, un gesto que yo asociaba con un momento muy específico de su matrimonio, hacía dos años—. Debería. Haberlo. Sabido.

—¡Ah, como si tú hubieras sido una santa últimamente! —dijo papá, suficientemente fuerte para que Annie se moviera en el regazo de mamá.

—Mantén la voz baja. ¿Qué pasa contigo?

Papá guardó silencio, lo que aparentemente sólo hizo que mamá se enfadara aún más.

—No te atrevas a responsabilizarme a mí de esto —dijo ella—, eso no tiene nada que ver con esto.

Mi papá se pasó las manos en lo que le quedaba de cabello.

—Julie, estamos en un cuarto sin la más mínima idea de quién nos encerró aquí ni si pretende regresar. Particularmente, me importa un carajo con qué viejo novio estés coqueteando en Facebook.

—Espera —miré a Erich—, ¿esto es en vivo?

—No —dijo Erich—, es un archivo de Quicktime, un archivo adjunto, entró al iPad hace unos minutos.

—¿Puedes adivinar de dónde vino?

—Hay más —Erich hizo clic nuevamente sobre el triángulo de PLAY.

Inmediatamente deseé que no lo hubiera hecho.

—La novia de tu hijo... —decía mamá— dime Phil, por pura curiosidad, ¿acaso puedes caer más bajo?

Papá inhaló profundamente y luego exhaló. Quizá fue el ángulo, pero ya no parecía ser el mismo.

—Ya te dije que no pasó nada.

—¿Se supone que yo debo creer eso?

—Honestamente, justo ahora, me importa un carajo lo que pienses.

Era lo peor que podía haber dicho en todos los niveles posibles, y yo quería entrar en la pantalla para estrangularlo por eso. Mientras tanto, todo el cuerpo de mi mamá pareció doblarse sobre sí mismo y rompió en llanto. Era un sonido terrible, ronco y rasposo, como si sufriera de catarro. Entre sueños, Annie se movió un poco en el regazo de mamá, levantó las rodillas y se acomodó en sus brazos, pero no despertó. Yo sólo esperaba que en realidad estuviera dormida.

—Mira —dijo papá—, eso no es lo que quise decir.

Cuando intentó posar su brazo sobre el hombro de mamá, ella se alejó bruscamente de él.

—No me toques.

—Julie...

—*No*.

—Está bien —dijo él, sonaba cansado—, pero quiero que me escuches. No sé por qué está pasando esto, no sé qué hacemos aquí. Obviamente, Paula no es quien dijo ser.

—Obviamente —la amargura que se escurrió en la voz de mamá en ese momento podría haber derretido el aislamiento de los cables de los altavoces.

—Eso no es lo que quise decir.

Mi mamá encontró un punto fuera del encuadre de la cámara y se le quedó viendo.

—¿Qué estaba diciendo ella de salir de aquí mañana?

—No tengo idea.

—Actuaste como si significara algo para ti.

Papá negó con la cabeza.

—Intentaba que nos dijera algo, lo que fuera. Quizá sobre Perry.

Mamá se enderezó, y lo miró de nuevo.

—¿Crees que lo tengan en alguna parte?

—No lo sé.

—¿Te lo diría si le preguntaras?

—Probablemente no.

—Debes intentarlo.

—Sí.

—Ya ni siquiera tiene un pasaporte —dijo mi mamá, y se oyó como si quisiera a volver a llorar—. No tiene nada.

—Veré lo que puedo averiguar cuando ella regrese, pero tienes que creerme, Julie, y pongo a Dios como testigo, que nunca hubo nada entre esa mujer y yo.

Mamá guardó silencio largo tiempo, cuando finalmente habló, su voz era fría y distante.

—Estoy de acuerdo.

—¿De verdad?

—En cuanto al hecho de que eso no importa en este momento —aclaró—, ahora sólo espero que Perry esté bien.

Papá la miró, pero ella no dijo nada más.

Allí terminaba el clip.

30

"Timebomb"
Bomba de tiempo

—Beck

Permanecí quieto detrás de Erich, mirando la pantalla. Lo gracioso del equilibrio es que no te das cuenta de lo mucho que confías en él hasta que llega algo que te lo arrebata por completo. En alguna parte frente a mí, él estaba inclinado hacia adelante, tecleando, pulsando pequeños clics que entre todos formaban algo o nada; en ese momento en realidad no importaba. Apenas si sentí la mano de Gobi sobre mi hombro.

—Lo lamento, Perry, tu padre...

—Sí —me di la vuelta, o al menos mis piernas decidieron hacerlo y se llevaron el resto de mí a pasear. De repente, no quería hablar del tema. Hablar de eso implicaba pensar en eso, y no era necesario pensar mucho para darse cuenta de lo sencillo que hubiera sido para Paula usar a mi papá del modo en que me usó a mí, para obtener información sobre Gobi y ganar su confianza, hasta dejar eventualmente vulnerables a él mismo y a su familia. Intenté imaginar a mi papá resistiéndose a los avances de Paula, quería visualizarlo empujándola lejos, diciendo lo equivocada que estaba, que ella era la novia de su hijo. Que él sería incapaz de hacer algo así. Había de equivocaciones a *equivocaciones*, y ésta era una de ellas.

Pero lo conocía demasiado bien.

Y Gobi también.

Intenté hacer que mi voz sonara tan calmada como fuera posible.

—¿Cuánto falta para que puedan localizar desde dónde fue enviado esto?

—Ya no falta mucho —dijo Erich, tecleando una serie nueva de comandos y mirando la pantalla que lo reflejaba—. Parece que están en algún lugar de Europa occidental. Tendré la ubicación pronto. Puede que tengamos que esperar un poco más.

—Está bien —dije—, en este momento en realidad quiero golpear algo.

El tablón que Gobi sostenía en las manos tenía ocho centímetros de espesor, y era lo suficientemente ancho para imaginar la cara de mi padre en él. Lo vi cambiar al rostro de Armitage, luego al de Paula, y luego de nuevo al de papá, luego a una combinación de los tres. Cerré los dedos en un puño. Con cada segundo que esperé, pude sentir el deseo de golpear crecer dentro de mí, provenía de los hombros y formaba una corriente eléctrica que hacía vibrar todo mi ser.

Erich se paró a mi lado, su voz sonó paciente y sin prisa.

—En taekwondo —dijo—, la clave es enfocarse en un punto más allá de tu objetivo para que, de hecho, golpees *a través de* él. Para poder romper esa tabla, tu mano deberá estar viajando a unos nueve metros por segundo en el momento de contacto. Piensa en tu puño como en una bala disparada por una pistola. Visualízalo pasando a través de la tabla. ¿Estás listo?

Asentí, revisé mi postura, cerré el puño, haciendo salir uno de los nudillos un poco, como me había enseñado. Podía sentir la sangre bombeando en mis sienes. Poniendo toda la fuerza de mi cuerpo en el golpe, me lancé contra el bloque de madera. Se escuchó un seco *juac* cuando mis nudillos se estrellaron en él, y un brillante rayo de dolor me regresó por todo el brazo hasta el hombro, donde estalló en un latido de agonía pura. Me doblé, agarrándome la mano, mientras trataba de no desmayarme ni orinarme en los pantalones.

—No estás enfocado —la voz de Erich flotaba desde el otro lado del dolor—, la ira no es enfoque.

—Sí —logré decir—, gracias.

—Revisa tu pulso.

Coloqué la punta de los dedos de mi mano sana a un costado de mi cuello. Estaba latiendo casi demasiado rápido para cuantificarlo. Tomé respiraciones profundas y me forcé a disminuirlo hasta que llegó casi a sesenta.

—Vuelve a intentarlo.

—No, gracias —negué con la cabeza—, ese tablón es irrompible.

Erich miró a Gobi, luego puso sus pies paralelos a sus hombros. Una expresión de absoluto enfoque, casi de serenidad, apareció en su rostro. Lo vi echarse hacia atrás y lanzar el puño directamente al tablón.

Toda la pared explotó frente a nosotros.

31

"Blow Up the Outside World"
Explota el mundo exterior

—Soundgarden

—"R<small>PG</small>" —gritó Erich, su voz casi inaudible sobre la explosión.

Me arrastré de espaldas, y todo lo que el *geek* dentro de mí podía pensar era: *¿Nos están atacando con juegos de rol?**

Gobi me arrastró hacia fuera mientras una gran nube anaranjada de fuego explotaba por el gimnasio. Pedazos de yeso y astillas de acero y vidrio flotaron por todas partes en un viento helado, y por el agujero en la pared vi que afuera estaba oscuro. La noche había caído. Allí no había ventanas, y hasta ese momento no tenía idea de qué hora del día era.

—Estas paredes externas son de acero reforzado de dieciocho centímetros —dijo Erich nuevamente—, eso no debería haber pasado.

—Mierda.

—Mantente en el suelo —sin molestarse en ver en mi dirección, abrió la vitrina de armas automáticas y tomó lo que parecía un rifle AK-47 y un cargador de municiones, luego lo colocó en la recámara y le lanzó el arma cargada a Gobi al otro lado de la habitación. Ella la atrapó con una mano sin siquiera

---

* RPG significa tanto Role-Playing Game (juego de rol) como Rocket-Propelled Granade (granada lanzada por cohete, o lanzacohetes). [*N. de la T.*]

mirar. Erich nuevamente miró en dirección a la vitrina y eligió una ametralladora aún mayor para él, le colocó un visor nocturno y tomó un par de chalecos blindados; le lanzó uno a Gobi y el otro a mí—. Póntelo, si no quieres morir.

Me sonó como un buen plan, sobre todo la parte de no morir. Alcancé el chaleco y casi lo dejé caer, luego pasé los brazos a través de sus cinchos, sintiendo diez kilos de polímero sintético de alto impacto colocarse en mis hombros y cuello como un yugo. Quizás así era como te salvaban la vida, una vez que te lo ponías no podías salir de casa.

Una segunda granada lanzada con cohete estalló en el ya medio demolido gimnasio con un *bum* que hizo vibrar los pulmones, éste venía directamente desde abajo, y sentí que las rodillas se me hacían de gelatina, sacándome de balance. En algún lugar a mi izquierda, una alta estantería llena de mancuernas se cayó y se estrelló en el suelo, lo que envió cientos de kilos de peso a rodar hacia el agujero en el suelo que no estaba allí hacía diez segundos. Quien fuera que estuviera abajo, yo deseaba que las pesas le cayeran justo encima.

¡*Bum*! Una tercera explosión y toda Europa saltó y se sacudió como un perro mojado. Cuando mi visión se estabilizó, vi que Gobi y Erich se habían colocado a cada lado del agujero de la pared, que aún ardía como se quema un aro de circo, a punto de escupir una fila de tigres de Bengala. Como si les hubieran dado una señal, los dos se inclinaron y empezaron a disparar hacia la calle. Los había visto enfrentarse uno al otro, pero no los había visto pelear juntos. Era como ver a un soldado y su sombra moverse al mismo tiempo, en maniobras firmes, concisas, casi coreografiadas. No podía saber si me sentía agradecido o incluso más celoso.

Tras vaciar el primer cargador, Erich se agachó para volver a cargar, y se colgó una pistola automática sobre el hombro, y vi a Gobi intervenir y disparar otros treinta proyectiles hacia la oscuridad. Por uno o dos segundos, todo quedó en silencio, sólo podía escuchar el zumbido de mis oídos tras el estruendo. No podía ver quién estaba abajo, pero quien fuera, no parecía amedrentado con el contraataque, porque la siguiente racha de granadas llegó con más intensidad que nunca. De arriba escuché el rechinido de metal astillado, mientras el techo caía sobre la resplandeciente muestra de espadas y máscaras samurái de Erich.

Gobi me lanzó un abrigo.

—Hora de irnos —gritó, mientras Erich tomaba su puesto en el muro.

—¿Por qué necesito un...?

—Es repelente al fuego.

Metí los brazos por las mangas.

—¿Adónde vamos?

—Abajo.

—¿Qué?

Me agarró por el cuello y saltamos por el agujero en el suelo. La caída de seis metros convirtió la gravedad en un choque de autos, que nos arrojó pies por delante en la vieja licorería, que ya estaba cubierta de fuego, con sus botellas de vidrio vacías y estantes de madera hechos astillas en todas direcciones. El pánico logró ponerme de pie, pero respiré una gran bocanada de humo que me hizo doblarme. Pronto había olvidado cómo respirar, caminar o pensar adecuadamente.

—¡*Idiota!* —gritó Gobi, haciendo que la palabra sonara como una nueva y excitante bebida energética, algo que podría ser una combinación a partes iguales de taurina y molestia extrema—. ¿Adónde vas? —agarrándome el brazo quién sabe desde dónde, me jaló hacia adelante; mis pies trastabillaron entre los escombros. En el humo, lo único que podía ver eran los caóticos chisporroteos de las armas automáticas entre las botellas rotas, como un jardín de extrañas flores rojas y anaranjadas.

Caímos hacia atrás a través del agujero de la pared, tosiendo y ahogándonos en concreto mojado.

—Vamos.

Mareado por el humo, vi hacia arriba el esqueleto de la licorería en llamas. Mi conciencia iba y venía.

—¿Y Erich?

—Él estará bien.

Pero no parecía que en verdad lo creyera.

No te desmayes, me dije, *sólo aguanta.*

Intenté decir algo, pero el mundo se oscureció.

32

"Wake Up"
Despierta

—Rage Against the Machine

—Aquí estoy —levanté el rostro, muerto de vergüenza—, no tienes que seguir golpeándome.
—Es el interior de la puerta del coche —la voz de Gobi llegó desde muy lejos, flotando como desde el extremo opuesto del meridiano de Greenwich—. Tú continúas golpeando tu rostro en él.
—Oh —mi cabeza se aclaró enseguida, como un parabrisas empañado al que le habían aplicado sus limpiadores. No había estado totalmente inconsciente, más bien estaba como aturdido por la combinación de monóxido de carbono y un sentido de la realidad ligeramente más elevado, una especie de mareo por altitud psicológica. Me di cuenta de que estábamos en el interior de uno de los vehículos de Zermatt, traqueteando por la calle principal a cien kilómetros por hora, excepto que esta vez, Gobi era la que conducía—. ¿Cómo nos encontraron?
—Cuestión de tiempo.
—Alto, ¿tú estás *conduciendo*?
—Yo sé conducir.
Si eso era verdad, era sólo en el sentido más amplio de la palabra.

Daba bandazos de un lado al otro de la estrecha calle, jaloneando el volante, como si hubiera aprendido a conducir viendo una de esas viejas películas donde proyectaban el fondo detrás de las cabezas de los actores, les soplaban aire en el rostro y les decían que movieran el volante.

Delante de nosotros, vi decenas de luces que llenaban la calle, escuché música y ruido; un desfile en progreso, ahora interrumpido por el estallido de la tercera guerra mundial. Gobi conducía directo hacia él, con una mano, lo que le permitía asomarse por la ventana y seguir disparando a quien fuera que nos estuviera siguiendo.

—Mantén la cabeza abajo.

—¿Adónde vamos?

No respondió y sus ojos se abrieron como platos. Intenté pensar en algo que de hecho pudiera tomarla por sorpresa, pero no tuve que hacerlo largo tiempo. Frente a nosotros, cientos de Papás Noel bávaros estaban de pie sobre la calle, viendo cómo el fuego comenzaba a extenderse.

—¿Qué demonios...? —miré el colorido estandarte que colgaba y recordé que decía CLAUWAU. Habíamos llegado en mitad de una especie de convención internacional de Papás Noel.

Había por todas partes. La mayoría se veía tan espantado como nosotros, pero en el caos, era difícil saberlo. Uno de ellos giró alrededor cuando lo pasamos a toda velocidad, y me pregunté si Paula y quien quiera que estuviera tras de nosotros habría tenido la visión de disfrazar a sus asesinos como Papá Noel. Otra granada explotó desde algún lado con un *whooosh* y un silbido, y una turba de hombres y mujeres en trajes rojos con almohadas debajo se extendió en todas direcciones. Cuando la calle finalmente comenzó a despejarse, vi un San Nicolás en particular, que gritaba con la barba incendiada, y corría por el callejón. Renos, esta vez verdaderos, que se habían soltado de sus arneses, trotaban tras él en todas direcciones. Era un verdadero Santagedón.

Gobi daba volantazos desesperados alrededor de un segundo rebaño de San Nicolás con copetes y botas de lamé dorado a juego, estilo Elvis, que parecían haber estado hacía sólo unos segundos escalando una viga de madera en una especie de concurso. La viga se había caído y Gobi la esquivó, golpeando las llantas izquierdas del auto tan fuerte que escuché que algo se desprendía debajo de nosotros.

—¿Adónde vas? —logré preguntar.

La respuesta fue:

—Helipuerto.

—Cuando estemos arriba —dijo Gobi—, déjame hablar a mí.

—¿De verdad crees que nos dejarán salir volando de aquí?

—Creo que sí —levantó la ametralladora, luego metió la mano en su abrigo, sacó un fajo de euros en un clip metálico para dinero, y me lo puso en la mano—. Guarda esto, en caso de que tengamos que negociar.

—¿Qué las pistolas no son para eso?

La pregunta era retórica y los dos lo sabíamos. Habíamos llegado a nuestro destino. No me di cuenta en el momento, a pesar de haber mirado hacia arriba y ver la amplia entrada azul y blanca del garaje que decía AIR ZERMATT frente a nosotros y que revelaba un elevador del tamaño de un avión de carga.

Entramos con el auto y el elevador empezó a ascender, las puertas de arriba se abrieron y nos permitieron llegar al techo.

El helicóptero nos esperaba.

El fuselaje era rojo con letras blancas pintadas en los costados. Su hélice ya estaba en marcha, hacía el inconfundible *pop-pop-pop* de las hélices, acompañado del agudo silbido de las turbinas. En algún sitio había leído sobre unos veteranos de Vietnam que no podían soportar el sonido de los rotores porque les provocaba recuerdos de la guerra, y en ese instante lo comprendí totalmente. A pesar de estar al otro lado del mundo, en el momento que escuché ese sonido familiar y olí el escape, fue como si estuviera de nuevo en la mitad del centro de Manhattan, entre gritos y tiroteo, vidrios que explotaban y promesas rotas en el piso cuarenta y siete.

Me volví para ver a Zermatt extenderse debajo de nosotros, sirenas y fuego al otro extremo de la calle, donde, por lo que se oía, la batalla en el Hotel Schoeneweiss parecía seguir su curso. Arriba de todo eso, las montañas se elevaban casi perdidas en la distancia, excepto por unos cuantos débiles faros, pequeñas luces en sus picos.

Gobi y yo salimos del auto justo cuando se abría la escotilla del helicóptero. La mujer que pasó por ella también me era familiar.

—Hola, Stormaire —gritó Paula a través del helipuerto. Vestía una gorra negra tejida y una chamarra para esquiar, y sonreía como si hubiera resultado ganadora de la competencia de patinetas Big Air en los X Games de Invierno. Aun desde donde estaba podía ver los moretones en su rostro donde Gobi había conectado una patada en Venecia—. ¿Has escrito alguna buena canción últimamente?

Esta vez el cañón de su pistola apuntaba directamente a Gobi.

33

"Cold Hard Bitch"
Perra dura y fría

—Jet

Por un segundo, nadie se movió. Todos nos quedamos allí, la ropa nos aleteaba como mangas de viento en el aire que corría muy por encima de las luces de Zermatt.

Luego vi un punto rojo aparecer sobre la frente de Gobi, y lo rastreé hasta un hombre en un abrigo largo colocado dentro del helicóptero, que sostenía un rifle equipado con un visor láser, a diez metros de distancia. Estaba calvo, tenía un rostro largo con forma de almendra que se estrechaba en una barba de candado, plateada, muy bien cuidada, que lo hacía ver vagamente satánico.

Me tomó un segundo reconocerlo. La última vez que lo vi vestía una sotana de sacerdote y flotaba en el Gran Canal, se había salido del baúl Louis Vuitton y abierto los ojos, vivo a pesar de las balas que habían sido disparadas en su dirección. Era el objetivo de Gobi, el que no había logrado eliminar. Supe de inmediato que Gobi lo había reconocido por un sutil cambio en su postura.

Debiste haberlo matado en Venecia, pensé.

El hombre nos lanzó una mirada divertida, y con las luces interiores del helicóptero vi que las comisuras de sus labios se apretaban, en el espontáneo gesto de una cicatriz en cámara lenta. Miré el punto rojo en la frente de Gobi. Contando el rifle y la pistola, al menos tenía dos armas apuntándole, quizá más, si Paula tenía algún otro francotirador apostado a lo lejos. Con los dos de pie allí, expuestos en el helipuerto, con esas montañas y techos alrededor, la idea no parecía ni ligeramente paranoide.

Había empezado a nevar. Copos blancos comenzaron a flotar, pequeñas tiras y hélices de algodón de azúcar giraban sin peso sobre las luces de aterrizaje. Iluminadas por el visor láser del rifle, se veían absolutamente mágicas.

—¡Paula! —grité sobre el rugido del helicóptero—, ¿en dónde está mi familia?

—Están a salvo —respondió—, por ahora.

—¿Dónde?

—¿Sabes? Estaba pensando que es mejor que nos separemos por un tiempo.

Sus ojos se movieron hacia Gobi.

—Ver otras personas —encogió los hombros, compasiva—, no eres tú, soy yo.

—Lo que digas.

—Aunque —Paula arrugó su nariz hacia mí— fue divertido mientras duró, ¿verdad?

Miré a Gobi. Había girado la cabeza por lo que no podía ver su expresión, y aun si pudiera, habría sido imposible saber lo que le estaría pasando por la mente. Todavía tenía la ametralladora de Erich en las manos, pero yo no sabía cuántas municiones le quedaban, y aun si el arma estuviera totalmente cargada, eramos superados en número. Ella podría ser capaz de acabar con uno de los tiradores, pero no con los dos, y el chaleco de kevlar no iba a protegerla contra un tiro en la cabeza.

—Una vez que nos hayamos marchado de aquí con Gobi —gritó Paula—, recibirás una llamada telefónica. Tus padres y tu hermana serán liberados, ilesos.

—¿Y si no te creo?

—¿Quién dijo que hay alternativa?

Tenía razón. Ahora nevaba con más fuerza, grandes copos caían del cielo y me cubrían las pestañas. Me limpié la mirada y tomé una fuerte respiración de aire frío que hizo que me doliera la garganta.

—¿Quién está a cargo ahora que Armitage está muerto? —pregunté.

Su mueca de adrenalina regresó. ¿Cómo es que nunca antes noté lo blancos que eran sus dientes?

—Eso depende —dijo Paula— de quién se quede con Gobi.

—¿Qué quieres decir?

Paula miró a Gobi, valorándola.

—Ella es un arma viviente, Stormaire. El mejor mercenario que existe. Una en un millón. Armitage subestimó seriamente sus capacidades y le costó la vida. Yo no cometeré el mismo error.

—Ella no es programable —dije—, no es una especie de máquina que hará lo que le digan.

—Yo creo que sí, una vez que conozca lo que ofrezco.

—¿Y qué es?

—Claramente, más de lo que tú jamás podrías.

—Ella no mata gente por dinero, Paula.

—La estás defendiendo, qué galante.

Durante todo este tiempo, Gobi había permanecido en silencio. Una parte de mí esperaba que ella entrara en acción, esquivando balas mientras abría fuego contra Paula y el helicóptero. Paula debe haber estado esperando eso también. La mueca en su rostro desapareció de súbito y su mirada se volvió helada, y cuando volvió a hablar, su voz era a la vez más fuerte y más clara, un anuncio de ultimátum que marcaba el final del juego.

—Gobija Zaksauskas —dijo Paula. Gobi no pestañeó—. Ésta es la situación. Si tu siguiente movimiento es cualquier cosa excepto que pongas el arma en el suelo y vengas conmigo, toda la familia de Perry va a morir de la forma más horrible que puedas imaginar —Paula continuó apuntándole directamente—. Déjame repetir eso: o vienes con nosotros ahora, o mato a Perry y a su familia. ¿Hay algo en esta situación que no comprendas?

Silencio. Me di cuenta de que yo no estaba respirando. Todos conocíamos las condiciones. Si quedaba algún milagro para esta noche, recé por que sucediera en este momento.

Gobi elevó su arma, giró y me miró.

—*Aš atsiprašau* —dijo—, lo siento, Perry.

—Espera —dije—, sólo...

Detrás de su pistola Paula se tensó, preparándose para el ataque. Vi al tirador calvo en el helicóptero enroscarse con más determinación alrededor de su rifle. El punto rojo en la frente de Gobi seguía apuntando justo entre sus ojos, el punto final que nos espera a todos en alguna parte cuando todo acaba.

Pero Gobi colocó su arma sobre el asfalto y caminó hacia el helicóptero. Entró sin mirar atrás.

La nave se elevó en el aire, dejándome allí, en pie y solo.

34

"I Will Buy You a New Life"
Te compraré una vida nueva

—Everclear

Media hora más tarde estaba de regreso en el centro del pueblo. El fuego finalmente se había apagado en el Hotel Schoeneweiss, dejando la calle principal oliendo como el cenicero más grande del planeta. Por doquier, decenas de Papás Noel chamuscados deambulaban entre las calles, mareados y sorprendidos, bajo el estandarte de CLAUWAU que colgaba de uno de los edificios. Luces azules de patrullas y rojas de camiones de bomberos rebotaban contra los cimientos ennegrecidos de la vieja licorería, que ya había sido acordonada por las cuadrillas de emergencia. Un trineo yacía medio enterrado bajo una pila de ladrillos. Un reno inclinó la cabeza para beber de un charco negro donde flotaba un gorro de Papá Noel.

Por todas partes había policías y soldados suizos apostados con lámparas de mano de alta intensidad, que apuntaban a los rostros de los transeúntes, alineaban testigos contra la pared y solicitaban identificaciones.

Di media vuelta y me escabullí en dirección contraria por el callejón y hacia la oscuridad.

Saqué el fajo de euros que Gobi me había dado y los conté apenas con un ligero temblor en las manos. Había unos cuantos cientos, junto con la identificación falsa que me había fabricado en Italia, cuya foto había sido tomada en una caseta en la estación del tren; un rostro que apenas reconocía como mío. Podía subir en otro tren, si tuviera la más remota idea de adónde ir.

O podía simplemente darme por vencido. Ondear la bandera blanca. Dulce rendición. Nunca había sido tan tentador. Aun si pudiera tener a mi familia de regreso, ¿cómo sería la vida en casa? *¿Normal y ordinaria* seguía siendo una opción? ¿Lo había sido alguna vez?

En el otro extremo del callejón se oyó un torpe y rasposo *splash*. Oí una maldición apagada y una serie de pasos que se acercaban lentamente.

A la mitad del callejón, un hombre encendió una lámpara sorda, y vi su rostro.

La barba.

La sorna.

La cámara.

No había manera de confundir esa combinación: Swierczynski.

Vestía un abrigo largo y raído con las faldas prácticamente arrastrando tras él, con lo que levantaban pequeñas partículas de escombros por el camino, y que probablemente era su idea de andar de incógnito. Por el modo en que se movía pude saber que aún no me había visto.

Sentí un golpe de adrenalina; se sentía bien poder hacer algo. Quizá yo no tenía ni idea de cómo pelear, pero a estas alturas ya no importaba lo que me pasara, y justo eso me ponía en ventaja.

Escondiéndome entre las sombras, me puse de espaldas a la pared y esperé. Escuchando sus botas acercarse, esperé a tenerlo justo frente a mí. Recordé que en Venecia, cuando intentó desarmar a Gobi, no había sido particularmente rápido; sin el elemento sorpresa, él no tenía ventaja alguna.

Me lancé hacia él, tomé la cámara de la correa y le di vuelta. Él gruñó y cayó, ya estaba sobre su espalda cuando mi rodilla aterrizó en su pecho.

—¿Sigues intentando encontrar a Gobi?

Me acerqué tanto a su rostro que pude oler pepinillos ácidos y vodka en su aliento. Lo que fuera que Kya le estuviera pagando a este tipo, era demasiado.

—Quizá pueda ayudarte a hacerlo.

—¿En dónde está ella?

Me quité de su pecho.

—Vamos.

—¿Adónde?

—Ponte en pie —dije—, vamos a ver a Kya.

Parpadeó, sin comprender.

—Ahora mismo —dije—, es hora de que veamos a tu jefe.

Sacudió la cabeza rápido, desdeñoso.

—No es posible.

—Oh, sí, es posible.

Le lancé una sonrisa fría que no tenía nada que ver con las razones por las que la gente común sonríe: felicidad, humor, esperanza.

—Si he aprendido una sola cosa en mi gira por Europa es que como seres humanos somos mucho más flexibles de lo que podríamos imaginar.

—Pero yo no puedo...

—Quiero hablar con Kya. Tú tienes un número para contactarlo, un correo electrónico, algo. Dile que quiero verlo esta noche.

—No puedo prometer nada —sonaba cada vez más eslavo—, no depende de mí.

—Pregúntate lo enojado que va a estar Kya cuando descubra que perdiste a Gobi —le dije—, ella estaba trabajando para él, ¿verdad? Y se supone que tú deberías ser su niñera. En otras palabras, tenías un trabajo que hacer y lo echaste a perder. ¿Cuánto de tu trasero crees que te va a arrancar a mordidas por perderla en Suiza? —esperé en silencio contando hasta diez antes de agregar, casi con sutileza—: En especial cuando yo puedo decirte dónde encontrarla.

Swierczynski cruzó los brazos de nuevo y me miró incluso con mayor intensidad, finalmente, murmuró algo en ruso.

Veinte minutos más tarde ya estábamos en camino, a bordo de un tren.

35

"This Is Not America"
Esto no es América

—David Bowie

Había un auto esperándonos en la estación de tren de Lausana, un Peugeot 306 azul metálico. Su conductor no dijo una palabra mientras nos llevaba del estacionamiento a la noche alpina. A través de los vidrios entintados, observé los picos nevados y las cumbres que dejábamos atrás como en un borrón oscuro y sinuoso de bajadas que tapaban los oídos y vueltas cerradas; el conductor apenas movía el volante, era como si el coche conociera el camino. Encorvado atrás, a mi lado, Swierczynski rumiaba en el silencio taciturno del este europeo, respirando audiblemente entre su barba y haciendo todo lo que estaba en su poder para hacer que los costosos asientos de piel olieran como una tienda de embutidos ucranianos. Para mí habría estado bien bajar una de las ventanillas, excepto porque el viento realmente rugía afuera y cada vez hacía más frío.

Miré afuera hacia las oscuras montañas.

Pensé en mi familia.

Pensé en Gobi.

Por supuesto, mi fanfarronada de que podría decirle dónde estaba ella había sido exactamente eso, un engaño. Pero ya había salido de mayores aprietos con tipos más peligrosos que

Swierczynski, y al final, él tenía que correr el riesgo aunque fuera muy poco probable que yo estuviera diciendo la verdad.

Tras una hora de viaje, llegamos a un pueblito suizo de angostas calles empedradas y campanarios altos en sus iglesias. Era casi medianoche y parecía que todo el pueblo estuviera dormido. Este lugar hacía que Zermatt pareciera Manhattan en comparación. El Peugeot se detuvo frente a una pequeña taberna en una esquina, con pocas luces encendidas adentro, Swierczynski descendió del auto y me hizo un gesto para que lo siguiera.

A la mitad de la entrada lo detuve.

—Si esto es una trampa —dije—, nunca la volverás a ver, comprendes, ¿verdad?

Gruñó como si ya no le interesara ese tema en particular y me sostuvo la puerta. Me escoltó el resto del camino.

La taberna tenía polvo de aserrín y lucía desolada, una cervecería del viejo mundo con corrientes de aire, cabezas de ciervos y de cabra de montaña disecadas y montadas en las paredes, por encima de un tablero de dardos que nadie utilizaba. Al otro extremo, largos tablones de madera reposaban frente a un fuego ardiente. El cantinero volteó a verme durante un instante, luego se agachó detrás de una hilera de grifos para terminar de pulir el tanque de cerveza que tenía delante, con el aire determinado de un cantinero que sabe cuándo atender sus propios asuntos.

En el otro extremo vi a un hombre sentado solo frente al fuego, vestido de traje y con una copa de vino a un lado. Durante un segundo sólo nos miramos. Usualmente cuando se describe a alguien, dices que estaba en sus cuarenta, o que tenía el pelo plateado o una nariz puntiaguda, o lo que sea. Pero la cosa con este tipo era que, mientras más lo veía, menos seguro estaba de que tuviera alguna característica física distintiva. Podría haber tenido 29 o 46 años. Bajo la luz del fuego, su cabello podría ser gris, o rubio claro, o incluso negro con hebras color plata. Las únicas cosas que en realidad destacaban de él eran la fría indiferencia que irradiaban sus ojos y esa sensación de anonimato que en sí misma era profundamente escalofriante.

—Kya —dije.

Él graznó. Sonrió con algo que no era una sonrisa, torcida como un alambre delgado en la esquina de la boca, sacó una tarjeta de presentación y me la entregó. Decía:

WILLIAM J. NOLAN
OFICIAL DE APOYO
AGENCIA CENTRAL DE INTELIGENCIA

—Kya —dije, mirando la tarjeta de nuevo—, CIA. Buen detalle.

—Aunque no lo creas —dijo Nolan—, comenzó como un error de deletreo por reconocimiento de voz. C, I, A. El programa original no reconocía siglas. Al final lo mantuvimos así. Pensamos: si funciona, no lo arregles.

No sé por qué no me sorprendí.

—¿Así que la CIA es quien controla a Gobi?

—Gobi —dijo—, qué lindo. ¿Cómo te dice ella?, ¿Pokey?

—Sabes que ella usa ese nombre.

—Sí —dijo Nolan—, pero yo prefiero Zusane Elzbieta Zaksauskas.

Colocó un grueso expediente sobre la mesa y lo abrió junto a su copa de vino. Adentro vi montones de fotos en blanco y negro, reportes escritos a mano, documentos oficiales y recibos fotocopiados engrapados, que titilaban por la luz del fuego detrás de nosotros. También había algunas fotografías mías, imágenes de cámaras de vigilancia de la noche en Nueva York. Nolan las fue pasando sin comentarios hasta que llegó a la página de datos personales. *Nacida el 23 de septiembre de 1998, en Karmelava, Lituania; 24 años, múltiples alias, adiestramiento en armas, entrenamiento de combate bla-bla-bla, ubicación actual desconocida.*

—Yo sé dónde está.

—Seguro —Nolan ni siquiera levantó una ceja—. No quiero decepcionarte, junior, pero disculpa si no salto de inmediato y ofrezco estrechar tu mano por esa información ahora mismo.

Fruncí el ceño.

—Entonces, si no cree que puedo ayudar, ¿por qué aceptó verme?

—Primera regla del juego, chico: observa a los jugadores en tu mesa y busca al tonto; si no lo descubres, eres tú.

—Eso ya lo había descubierto.

—De hecho, la única razón por la que estás sentado aquí es porque yo quería saber si en realidad existías. ¿Sabes? Corren una apuesta sobre ti en Langley. Ninguno de los analistas allá puede creer que alguien tenga tan mala suerte con las mujeres.

Lanzó otra foto de vigilancia por la mesa y me dio mucho tiempo para verla. Era de Paula y yo a principios de octubre, caminábamos tomados de la mano afuera del Film Forum en Nueva York. Habíamos visto la versión original de *La huida*, de Sam Peckinpah de 1972, con Ali MacGraw y Steve McQueen. La foto había sido tomada justo cuando me acerqué a besarla, la cámara había capturado una mirada de felicidad infinitamente idiota en mi rostro. Si sobrevivía a esto, ya no me permitiría ser tan feliz.

—Paula Daniels, edad 24 —dijo Nolan—, nacida Paula Monash, ciudadana estadunidense, creció en Dubái.

¿Paula tenía 24 años? ¿Monash? Seguí mirando la foto, intentando recordar dónde había escuchado ese apellido antes, mientras Nolan seguía hablando.

—El padre de Paula, Everett Monash, era un magnate estadunidense que trabajaba con George Armitage en los Emiratos Árabes Unidos. Cuando cumplió dieciocho, ella entró en el negocio de la familia.

—Ella me dijo que su padre era productor de discos.

Nolan estaba dándole un trago a su vino, y casi lo estornudó por la nariz.

—Dios mío —tosió y se aclaró la garganta—, ¿cómo es que aún sigues vivo?

Miré una foto de la escena del crimen de la noche anterior, ¿o era de hacía dos días? El cuerpo sin vida de Armitage tirado sobre la *piazza* veneciana, entre un montón de vidrios rotos y vino derramado. Aun en blanco y negro la escena lucía sórdida, como si una porción enorme de lasaña le hubiera caído en el pecho.

—¿Por qué hiciste que Gobi lo matara?

—Si estás preguntando por qué elegí a Zaksauskas para el trabajo, de todas las personas del mundo tú deberías saberlo. Esa niña nació para matar. Si lo que preguntas es por qué estábamos tras Armitage... —Nolan colocó sus dedos en triángulo frente a sus labios, calculando con cuidado la información que daría—. Sólo digamos que él y su accidentado pasado representaban un problema con el que nuestro gobierno no podía lidiar en público. Estamos hablando de un tipo que ayudó a vender misiles Stinger a los separatistas kurdos por unas cuantas monedas, ¿y ahora se creía Richard Branson? Lo siento, pero no. Así que en agosto uno de nuestros analistas leyó por casualidad el ensayo que escribiste para la universidad, y tu loca chica europea nos pareció una apuesta segura para obras de limpieza.

—Momento.

Una ola de náusea me recorrió y de pronto tuve ganas de vomitar.

—Eligieron a Gobi, ¿por mí?

—Era un ensayo magnífico, chico. De prosa vívida. Te hacía sentir parte de la historia, era como estar allí.

Debe haber visto mi expresión, porque negó con la cabeza.

—No te culpes, chico. No lo sabías. Una vez que ella se encargue de Paula, todo habrá terminado.

—Usted sabe que ella tiene a mi familia.

Nolan guardó silencio, toda petulancia se esfumó de su cuerpo.

—¿Qué?

—Paula, tiene a mis padres y a mi hermana.

—¿Desde cuándo?

—Desde ayer, al menos. Paula tenía fotos de ellos en su iPad, están en una habitación en algún lugar.

—¿Estás seguro de que ella fue quien lo hizo?

—Si no fue ella, está asociada con quien lo haya hecho.

—¿Tienes pruebas?

—Yo vi la foto, y también un video donde mi mamá y mi papá hablan de ella.

—¿Tienes el archivo?

—No, está en su iPad.

—¿Y dónde está el iPad?

—Voló en Zermatt.

Nolan gruñó.

—He notado que eso pasa mucho cuando Zusane Zaksauskas se involucra.

—Estamos hablando de mi familia —dije—, mis padres y mi hermana. ¿Por qué estaría yo inventando algo así?

No se molestó en responder la pregunta.

—Y no tienes idea de dónde puedan estar.

—En algún lugar de Europa occidental. Están en una habitación sin ventanas ni muebles. Es todo lo que sé.

Nolan no se veía contento.

—Bien, echaremos un vistazo.

Debió haberse dado cuenta de lo tonto que eso sonó, porque de inmediato enderezó su postura e intentó decir lo mismo pero con otras palabras.

—Lo haremos nuestra máxima prioridad. Mientras tanto, tenemos un férreo control sobre el recurso, así que todo deberá marchar según lo previsto, al menos temporalmente. Una vez que Zaksauskas se encargue de Paula, regresará.

—El ¿recurso?

Me tomó un segundo comprender de qué estaba hablando.

—¿Está hablando de Gobi?

—¿Si no de quién?

—Habla de ella como si se tratara de algún agente autómata descerebrado.

Nolan resopló.

—Chico, has visto demasiadas películas.

—¿Entonces cómo puede estar tan seguro de que ella regresará?

—El dinero no es la única razón por la que la gente hace cosas —dijo Nolan sin darle importancia—, nuestros doctores le dan un máximo de ocho a doce meses.

Lo miré. Por un segundo, la taberna quedó tan silenciosa que podía oír el fuego crepitar en la chimenea.

—¿Qué?

Las cejas de Nolan se torcieron. Por segunda vez parecía interesado en la conversación.

—¿No sabías?

Entonces me mostró la última foto en el expediente.

36

"Bullet With Butterfly Wings"
Bala con alas de mariposa

—The Smashing Pumpkins

Nunca antes había visto una imagen de resonancia magnética, una IRM, pero podía reconocer un cerebro humano si lo veía. Nolan señaló un punto blanco al frente de la imagen, justo encima de los ojos.

—Glioblastoma multiforme —dijo—, etapa tres. Lóbulo temporal, dicen. Según entiendo, es agresivo como la mierda.

Mirando la pequeña mancha, no mayor que una monedita de diez centavos, recordé cómo Swierczynski le había dicho en Venecia: *La bala ya está en tu cabeza.*

—Aparentemente ya había tenido cáncer antes —dijo Nolan—, de niña, en la tiroides. Los cirujanos intentaron combatirlo en Lituania, creo, con una tiroidectomía, pero parece que no hicieron el mejor trabajo.

Otra vez, se encogió de hombros, indiferente. Este tipo estaba resultando ser el campeón mundial de los pesos pesados de los encoge-hombros.

—Medicina de Europa del Este... ¿qué puedes hacer?

Recordé la cicatriz en su cuello, la que Erich había mencionado en Zermatt. Quería decir algo, lo que fuera, pero parecía que toda voluntad hubiera desaparecido de mi boca.

—Pero este cachorrito —Nolan tocó la mancha blanca en la IRM— va a resultar mucho más complicado. Me han dicho que existen sólo cinco o seis neurocirujanos en todo el mundo que han sido capaces de extraerlo sin causar daño cerebral permanente, pero aun así...

—Y usted le prometió la operación si ella se encargaba de Armitage.

—Le dije lo que tenía que decirle.

—¿Y ahora qué?

—He ahí la belleza de esto.

Nolan sonrió de forma socarrona y bebió otro trago de vino, que casi se había terminado.

—Ella ya no es nuestro problema. ¿Ves cómo todo se arregla? Eso es lo que hace de Estados Unidos el país más grande del mundo.

Antes de saber lo que hacía, tomé la mesa y le di la vuelta, la levanté con tanta fuerza en el aire que al momento de estrellarse brincaron astillas. Papeles, fotografías, botella y copa fueron a dar al suelo. Nolan se sobresaltó, y cuando me dirigió nuevamente la mirada, fue con la inquietud de quien descubre que el perro del que se había estado burlando no sólo ladra, sino que también muerde.

—No es necesario perder los estribos, chico. Averiguaremos qué está pasando con tu familia, ya te lo dije. En veinticuatro horas o menos, recibiremos una llamada de teléfono, los sacaremos de ahí muy sonrientes y haremos todo el numerito de la CNN.

Me señaló con un dedo gordo y grande.

—No orines contra el viento en esta ocasión.

—Se la debe —dije.

—Mierda.

—Le hizo una promesa.

Nolan me estudió por un momento. Parte de la intensidad se aligeró de su rostro y cuando retomó el habla, su voz era diferente, casi seria; de pronto era un hombre que genuinamente creía en lo que estaba diciendo y quería que lo entendieran.

—Vamos a dejar algo en claro, Perry. Ya te dije que Zusane Zaksauskas es una depredadora innata. Es una sucia bomba de tiempo. Es lo que ella es, y nada más. Si no lo estuviera haciendo por nosotros, lo haría por alguien más —pestañeó, con los ojos húmedos y comprensivos, como si aún pensara que había una forma de que todos saliéramos de allí como amigos—. Yo también tengo hijos, ¿comprendes? Dos hermosas niñas, viven con su mamá en Virginia. Jóvenes y sorprendentes. Tocan el violín y practican equitación. Algún día crecerán e irán a la universidad y tendrán sus propios hijos y vivirán vidas largas y felices —su expresión decayó—. Pero ¿alguien así? —miró el expediente de Gobi desperdigado a sus pies—. No pretendo sonar cruel, pero... el cáncer es lo mejor que le pudo haber pasado.

Lo miré intensamente.

—Es usted un hijo de puta, ¿lo sabe?

Mi voz debió sonar amenazadora, porque vi a un segundo hombre que no había notado hasta ahora acercarse a nosotros desde la esquina de la habitación. Sin quitarme los ojos de encima, Nolan hizo una señal para que el otro agente regresara a su puesto.

—Está bien, Jeff —dijo—, el chico es emotivo, es todo. La adolescencia.

—No soy emotivo —dije, y al escucharme decir las palabras en voz alta, me di cuenta de que sí lo era. Finalmente recordé en dónde había oído el nombre de Monash antes, y me sentí más tranquilo. Si hubiera colocado los dedos sobre mi arteria carótida, habría sentido mi corazón volver a latir a sesenta latidos por minuto, quizás hasta menos—. Déjeme ver esas fotos de nuevo.

—¿Cuáles? —preguntó Nolan a regañadientes.

—De Paula, cuando era pequeña.

Con otro encogimiento de hombros casi imperceptible, Nolan se agachó a recoger los papeles que yo había desperdigado cuando volteé la mesa. Después de juntarlos, los empujó hacia mí para que pudiera revisarlos. Allí estaba ella, en el Hilton de Dubái con su niñera; en París, caminando entre los castaños de los Campos Elíseos, hacia el Arco del Triunfo, con una bella mujer rubia a la que reconocí como su madre por las fotos enmarcadas en el apartamento de Paula. Cuando llegué a la siguiente foto, me detuve.

—¿Éste es su papá?

—Everett Monash, sí. A quien Gobi disparó fuera de la estación de tren, antes de asesinar a Armitage.

Miré la instantánea. Paula, probablemente de seis o siete años entonces, estaba sentada en sus hombros en la *piazza* de San Marcos, frente a la catedral, donde habíamos estado hacía sólo dos días. Vi el rostro suave y joven de Paula, y luego el de Everett; un hombre alto y calvo, de aspecto vagamente satánico, con una barba bien cuidada, muy parecido a como lo había visto un poco más temprano, en el helipuerto. El hombre que había apuntado con el rifle a Gobi. El mismo hombre que había visto flotar en el Gran Canal de Venecia.

Señalé su rostro.

—¿Él era el primer objetivo de Gobi en Venecia?

—Así es, Monash. Él y Paula eran parte de la organización de Armitage.

—Usted sabe que sigue vivo, ¿verdad?

Los ojos de Nolan se abrieron un poco más.

—Mientes.

—Es verdad —dije—, él y Paula tienen a Gobi ahora mismo. Y parecen creer que pueden convencerla de trabajar para ellos.

Lo miré.

—Más vale que ella le haya creído cuando usted le mintió al ofrecerle la cirugía, agente Nolan, de lo contrario, no creo que la vuelva a ver.

—Estás mintiendo sobre Monash. Obtuvimos confirmación de un tercero de que Gobi le había disparado y arrojado su cuerpo en el canal.

—Sí —dije—, ¿y quién cree que estaba en el canal con él cuando abrió los ojos?

—Escucha un consejo, chico: nunca intentes engañar a un embustero —Nolan recogió los archivos, los apartó, tomó su abrigo y se lo puso, listo para trabajar—. Éste es el trato: vas a permitir que Jeff te lleve a tu embajada, y te vas a quedar sentadito como un buen chico mientras nos dejas hacer nuestro trabajo y nadie va a mencionar el nombre de Zusane Zaksauskas nunca más, ¿entiendes?

—Claro —dije—, sólo hay un problema.

—¿Cuál? —ahora sonó cansado.

—No confío en que usted salvará a mi familia. No creo que *usted* sepa ni la mitad de lo que cree saber.

Lo señalé directamente.

—Y definitivamente no confío en que la CIA hará nada, salvo lo que le convenga, para ayudarme a salir de aquí —volteé a mirar al tipo que había reaccionado cuando llamé hijo de puta a Nolan—. Y eso significa que estoy a unas doce horas de desmantelar toda su operación de la forma más humillante posible.

Nolan se puso rojo, luego morado. Sus puños se cerraron a sus costados, apretados y rosas, y de cierta forma, anales. En la escala de satisfacción, no estaba exactamente al nivel de verlo pasar una piedra de riñón, pero estaba cerca.

—Tú, pequeño *punk* engreído, ¿qué te hace pensar que...?

Se detuvo a media frase, y su rostro se volvió helado como piedra, sin emociones, todo al mismo tiempo.

—No deseas involucrarte en esto, Perry, créeme. Haré de tu vida un infierno.

—Demasiado tarde —dije.

En mi bolsillo, algo comenzó a vibrar.

37

"Don't Let Me Explode"
No me dejes explotar

—The Hold Steady

Nolan ya se había dado media vuelta y comenzado a caminar.

—¿Estás listo para irte? —preguntó, dirigiéndose a la puerta.

Deslicé la mano en el bolsillo de la pesada chamarra de invierno que Gobi me había lanzado cuando estábamos con Erich y sentí la pequeña figura rectangular vibrando dentro. Tras sacar un celular que no sabía que estaba allí, lo abrí y vi las tres palabras de un mensaje en la pantalla:

baño hombres ahora

Dejé caer el teléfono en el bolsillo.

—Tengo que usar el sanitario antes de irnos.

Nolan me lanzó una mirada de desconfianza.

—Acá afuera hace frío y está oscuro, chico, no hagas nada estúpido.

—No se preocupe.

Al pasar por la barra, rocé a Swierczynski, quien se había quedado sentado con un gran tarro de café en las manos, y me dirigí a la pesada puerta de madera con el letrero HERREN sobre ella. Dentro podía escuchar la voz de Nolan quien seguía advirtiéndome que no fuera estúpido.

El baño de hombres estaba helado y de inmediato supe la razón. La ventana estaba totalmente abierta y Gobi estaba frente a ella, con un grueso tablón de madera en las manos. Por un segundo, lo único que pude hacer fue observarla en completo *shock*.

—Llegas tarde.

—Gobi, ¿cómo...?

Me empujó y atrancó el tablón de madera en la puerta, encajándola entre los azulejos y bloqueando la entrada desde dentro.

—Arrástrate por la ventana.

—¿Qué pasó con...?

—Sin hablar.

Me empujó por la ventana abierta hacia la oscuridad, donde caí directamente sobre un montón de cajas de cartón aplastadas y bolsas de basura. Un gato maulló y salió corriendo. Gobi, después de arrastrarse también por la ventana y caer a mi lado, me tomó de la mano y de un tirón me puso de pie. Mientras corríamos al frente del restaurante, escuché voces que provenían de adentro, Nolan, el cantinero y Swierczynski gritaban, tosían y golpeaban la puerta. Había una máquina de hielo frente a la entrada principal, que la bloqueaba por completo.

Miré al techo.

—¿Bloqueaste la chimenea?

—Cuidado —ella señaló el cuerpo inconsciente del conductor despatarrado en el suelo junto al Peugeot, luego abrió la puerta del lado del conductor—. ¿Todavía sabes conducir con cambio manual de velocidades, ¿cierto?

Entré y encendí el motor.

38

"Needle Hits E"
Con el tanque vacío

—Sugar

—Debemos hablar —dije.

Ella señaló la siguiente intersección, donde un letrero rectangular amarillo decía: MULHOUSE, FR. 50 KM.

—Vira a la izquierda.

—¿Cómo escapaste de Paula?

—No es lejos de aquí, los caminos están despejados —miró su reloj.

—¿Cómo me encontraste? —saqué el teléfono que ella había echado en mi bolsillo—. ¿Tiene esta cosa un rastreo GPS o algo por el estilo?

Cerró los ojos y se reclinó como si no me hubiera escuchado. No se movió. Las llantas del Peugeot abrazaban la carretera, su motor de alto rendimiento apenas sonaba sobre el ronroneo bajo y constante de la ingeniería de precisión. Mis manos sujetaron con fuerza el volante y me aseguré de que ambos estuviéramos usando nuestros cinturones de seguridad. En la siguiente curva, di un volantazo al lado del camino y presioné los frenos con fuerza para que ella se incorporara y volteara a verme. Su rostro estaba tenso y fiero, y el brillo de sus ojos podría haber derretido el hierro.

—El imbécil en el restaurante me lo contó todo —dije—, ya sé qué pasa... —aun en ese momento y con lo enojado que estaba, no lograba forzarme a decir las palabras *un tumor en el cerebro*—, lo que tienes.

Gobi sólo me miró. Su silencio era un vacío, como ningún otro silencio en el mundo. Parecía derrumbarse hacia dentro, tragándose todo a su alrededor, como el equivalente auditivo de un agujero negro. Durante un largo momento estuvimos allí sentados, mirándonos el uno al otro, como si fuéramos las dos últimas personas en Suiza.

—No es nada —murmuró.

—Mientes.

—Es epilepsia.

—*Mientes.*

—¿Quién te dijo estas cosas? ¿Kya? —lanzó una rápida mirada en la dirección de donde veníamos—. Ellos mienten.

—Gobi, vi las imágenes de tu cerebro.

—Y por supuesto, los estudios médicos jamás pueden ser alterados.

—Si están mintiendo, ¿por qué estás trabajando para ellos?

Miró fijamente hacia la ventana y sentí que mi corazón se aceleraba, como si una garrafa de un galón vertiera todo su contenido en el agujero al fondo de mi pecho. No me había percatado hasta entonces de lo mucho que yo había estado deseando que hubiera otra explicación para sus ataques, la que fuera, excepto la que Nolan había dicho. En parte porque Gobi era la única forma segura de salvar a mi familia, y en parte también porque Gobi era Gobi. Ella tenía veinticuatro años, pertenecía al mundo, si no al mío, sí a cierta versión de él, en alguna parte.

—Mira —dije—, sé que ese tipo Nolan te prometió la operación si te encargabas de Armitage y Monash y Paula. Él me lo dijo.

—Eso no debe preocuparte.

—Muy bien, eso haré, voy a bajar mi interruptor de preocupación —traté de tomarle una mano y ella la alejó bruscamente, como si al tocarla hubiera recibido una descarga—.

¿Sabes?, me pregunto cómo es que si no me puedes soportar en lo absoluto, te molestaste en regresar por mí.

—No sobrevivirías ni cinco minutos tú solo.

Sentí un aguijonazo de ira.

—Muy bien, pues búscame en un año y veamos a quién le está yendo mejor.

Ella se puso tensa, tomó aire con fuerza, luego exhaló con un pequeño temblor y me miró. Las sombras en su rostro me dificultaron ver su expresión, pero sus ojos brillaron en las orillas con la luz del tablero.

—Mira, lo siento —dije—, eso fue cruel, no pretendía decir eso.

—Perry, ¿tú eres doctor?, ¿no? ¿Vas a la escuela de medicina?

—No.

—Pero eres un genio, ¿verdad? Chico listo americano, tú lo ves todo, sabes lo que es correcto para todo mundo, ¿cierto?

—Gobi...

—Si quieres preocuparte por alguien, preocúpate por ti mismo, mira que enamorarte de una niña rica que se acostaría con tu padre para alcanzar sus objetivos...

—Ni siquiera lo intentes.

Ella escupió algo, una maldición en lituano que no requería traducción.

—Sólo conduce.

Levanté las manos del volante.

—Olvídalo.

—¿Qué?

—Estoy intentando ayudarte —exclamé—, ¿no lo entiendes? Yo soy el único en quien puedes confiar.

Gobi me clavó su mirada. Por un segundo no supe si iba a golpearme o a arrojarme fuera del auto. Luego su barbilla tembló y toda su expresión vibró. Comenzó a reír.

La observé en silencio.

—¿Y ahora qué?

—Había olvidado lo gracioso que eres cuando te enojas.

Arrugó la frente, bajó la voz, y se transformó en una imitación irritantemente perfecta de mí.

—*¿No lo entiendes? Yo soy el único en quien puedes confiar.*

—Alto, primero que nada, yo no sueno así en absoluto...

—*Voy a bajar mi interruptor de preocupación.*

—No eres graciosa.

—*Ni siquiera lo intentes.*

—Estás loca.

—*Estás loca.*

Vi que me sonreía, entonces aderecé mi voz con un rígido acento lituano.

—*Eso no debe preocuparte* —dije.

Ladeó la cabeza ligeramente.

—¿Se supone que ésa soy yo?

—*Mi nombre es Gobi* —entoné—. *Soy la diosa del fuego. ¡Yo mato todo!*

Me dio un empujón.

—Cállate, idiota, yo no hablo así.

—*Basta ya de tonteerrías, Perry Stormaire.*

—Tu ensayo es un completo desastre —dijo—, todas las cosas que yo digo están mal escritas.

La miré.

—¿Leíste mi ensayo?

Gobi asintió.

—Por supuesto, en internet.

—¿Qué te pareció, aparte del diálogo?

—Estuvo... bien.

Miró hacia arriba, y se acomodó el cabello detrás de la oreja.

—Hay partes buenas.

—¿Como cuál?

—Como... cuando nos besamos en el café en Brooklyn. Y cuando bailamos juntos en el hotel de Central Park. Esas partes me gustan.

—¿Quieres decir, antes de que me apuntaras con el cuchillo?
—Te gustó.
—Dices qué ¿me gustó?
—Sí, creo... sí.

Me acerqué a ella nuevamente, puse mi mano en su sien, y esta vez no la apartó. Podía sentir la sangre bombeando en sus venas, intenté no pensar qué más estaba pasando ahí dentro, pero cuando sus ojos parpadearon, supe que ella había interceptado mis pensamientos.

—¿Qué tan malo es? —pregunté.

Ella dudó, pero cuando habló su voz era baja y suave, apenas un murmullo.

—Al principio, ¿sabes?, no era tan duro. Incluso cuando estaba entrenando con Erich, hará unos tres años. Por las noches me dolía la cabeza, y a veces... —abrió la boca, haciendo como si vomitara— en la mañana, ¿sabes? Luego vino el temblor, las...

—Las convulsiones.

—Sí.

Ella movió la cabeza de arriba abajo, demasiado lento para ser una afirmación.

—Cuando llegué a vivir contigo y tu familia, los neurólogos, los primeros, me habían diagnosticado epilepsia del lóbulo temporal, me dieron medicamento. Pero creo que incluso entonces ya lo sabían, por lo de antes.

—Tu otro cáncer.

Asintió, tocando inconscientemente la delgada cicatriz blanca en su garganta, luego palpó su cabeza.

—Pero es peor esto.

—¿Cuándo supiste con certeza?

—¿Lo del tumor? —hizo una pausa—. Después de esa noche en Nueva York. Ese hombre, Nolan, se me acercó en el aeropuerto de Ámsterdam. Me dijo lo que querían. Me hicieron análisis y la resonancia, y me dijo que era operable, si...

—Si hacías lo que ellos te pedían.
Asintió.
—Y tú le creíste.
—¿Qué alternativa tenía?

La pregunta se enquistó entre nosotros como un acertijo sin respuesta, enloquecedor en su sencillez. Nos quedamos sentados en la oscuridad lo que parecieron milenios, yo vi el camino frente a nosotros. Estaba absolutamente en silencio. Cuando la miré de nuevo, me di cuenta de que ella no había dejado de mirarme.

—Bueno, y ¿cómo escapaste del helicóptero?
—Salté.
—Saltaste.
—Sí.
—Del helicóptero.

Con toda impaciencia me dijo:

—Yo soy la que tiene daño cerebral, Perry, ¿eres idiota?
—¿Pues cómo? ¿Con un paracaídas?

Suspiró.

—Después del despegue, alcancé el arma. No fue tan difícil en un espacio cerrado.

Se encogió de hombros.

—Al piloto le tocó una bala en la cabeza. Paula, su padre y yo tomamos los paracaídas. Escaparon antes de que pudiera matarlos.

—O de que ellos te mataran a ti.

Sonrió amargamente.

—Aún piensan que yo trabajaré para ellos si me consiguen un cirujano que se encargue de esto.

Se tocó la cabeza.

—Pero me quedaré con la oferta de Kya.
—Tampoco puedes confiar en Kya.
—Perry, debes prometerme.
—¿Qué?

—Por lo de mi cabeza, a veces, ¿sabes...? Me pierdo. Me confundo. Sé que eso es verdad. Erich me dijo que cuando tú y yo estuvimos en Suiza...

—Olvídalo.

—Si eso pasa otra vez, y yo... yo te pongo en peligro, debes prometerme que harás lo correcto.

—¿Qué? —dije—. ¿Quieres decir, terminar contigo?

—Perry —me dio un golpe—, hablo en serio.

—¡Auch, mierda!

—Tu familia fue muy amable conmigo cuando estuve en América, Perry. Me dieron un hogar, un lugar seguro donde quedarme, para resolver mis asuntos.

Volteó a verme lentamente y supe que había tomado una decisión.

—¿Los quieres de vuelta?

—¿A mi familia? Sabes que sí.

—No podemos ir a la policía —se abrió el abrigo y vi que había tomado el arma que Paula tenía en el helicóptero, una Glock semiautomática de nueve milímetros—. Ahora no.

—No —dije yo.

—¿Qué estarías dispuesto a hacer?

—Lo que sea necesario.

—¿Recuerdas esa noche en Nueva York?

Asentí.

—¿Estás listo para regresar al campo de batalla?

—Si es necesario.

Gobi sacó una hoja de papel, la desdobló y me contó lo que tenía en mente. Cuando terminó de hablar, el silencio regresó, llenando el auto de nuevo, y esta vez fue agradable, y supe que había llegado para quedarse. Tomé aire y lo dejé salir, coloqué el pie en el acelerador y seguí el camino nocturno a través del bosque.

39

"I Am the Highway"
Yo soy la carretera

—Audioslave

—¿Estás listo?

Recién amanecía. Estábamos en algún lugar de Francia, llenando el tanque del Peugeot en una gasolinera de BP; el vapor salía de los vasitos de *espresso* que Gobi había comprado junto con una hogaza de pan. Al otro lado del camino, dos vacas pastaban mirándonos sin parpadear con bovina indiferencia. Si las vacas americanas parecen aburridas, las europeas lo han elevado a una forma de arte.

Encendí el auto para salir de la gasolinera mientras Gobi arrancaba un trozo de pan, le untaba queso y me lo ofrecía. Yo no tenía hambre, pero después de conducir toda la noche, empezaba a sentir temblores en el cuerpo. A nuestro alrededor, el paisaje se derramaba en campos dorados que se asemejaban a los plasmados en la obra de Cézanne que había visto en los libros de la mesa de centro de la sala de mi mamá. Nada de esto parecía haber cambiado mucho en los últimos cien años, excepto por alguna que otra antena satelital que destacaba en el horizonte bucólico.

Mi teléfono empezó a vibrar. El que Gobi había plantado en mi abrigo. La miré.

—¿Quién más tiene este número?

—Nadie.
Contesté.
—¿Hola?
—Hola, chico.
Esa voz sonó como grava molida en los oídos.
—Agente Nolan —dije, y sentí a Gobi reaccionar junto a mí, mientras miraba sobre mi hombro el camino vacío detrás de nosotros.
—Escucha, acerca de anoche, sin resentimientos, ¿vale? —Nolan tosió, sin molestarse en taparse la boca—. No quiero que pienses que estoy enojado por eso.
—Qué alivio —dije.
—Debes admitir, sin embargo, que fue bastante tonto, ¿verdad?
Esta vez la tos sonó más como una risa sin humor, y era fácil imaginarlo sentado en un búnker suizo, meneando su Nescafé mientras repasaba su correo.
—Ahora no tienes muchos amigos en Europa.
—Tengo una.
—Quería informarte que hemos estado buscando a tu familia. Nada aún.
—Gracias, y buena suerte rastreando este teléfono, no lo usaré más.
—No esperaba menos.
—Adiós, Nolan.
—Nos vemos, Perry.
Tan pronto como colgó, Gobi me miró.
—¿Qué te dijo?
—Que no tengo muchos amigos en Europa.
—¿Es cierto?
Miré el letrero que teníamos adelante. PARÍS 262 KM.
—Ya veremos.

40

"The Metro"
El metro

—Berlin

Pasado el mediodía, llegamos a los alrededores de París, y abandonamos el Peugeot en un estacionamiento de Joinville-le-Pont. Compré dos pases de tren para veinticuatro horas mientras Gobi eliminaba todo rastro de nuestras huellas del volante y las puertas del auto. Cuando el tren RER entró en la plataforma, subimos y ocupamos dos asientos del fondo.

Gobi reclinó la cabeza en mi hombro y comenzó a dormitar. La gente entraba y salía del tren sin prestarnos atención. Afuera volvía a llover, enormes gotas de color metálico golpeaban el vidrio mientras nos arrullábamos, dejando atrás parques industriales, almacenes y fábricas en las afueras de la ciudad. Los cables de alta tensión se elevaban y descendían como ondas sinusoidales fuera de la ventana.

Media hora más tarde nos cambiamos del tren local al metro, y vi charcos de aceite y vertederos a lo largo de las vías, muebles abandonados, numerosos grafitis en los puentes, cada vez más gruesos y elaborados, palabras en inglés y argot propio del hip-hop mezclado con frases en francés e iconografía local. Si esto no fuera París, definitivamente estábamos en dirección a Nueva Jersey.

—Mira —señaló Gobi—, la Torre Eiffel.

La observé elevarse sobre los techos marrón y blanco. Hasta ese momento no había registrado en realidad en dónde estaba. Por un momento, los edificios de París podrían ser los mismos condominios anónimos de cualquier otra ciudad, departamentos y farmacias con lluvia escurriendo de los doseles, pero conforme el tren subió en una vía elevada, vi las catedrales y el río, y pronto estuvimos en medio de todo aquello.

—Mide como 275 metros de alto —dije, recordando lo que le había escuchado a mi maestra de francés en la escuela—. Creo que arriba hay un restaurante.

—Siempre quise ir —Gobi sonó perdida y solitaria—, primero al Club 40/40 y ahora a la Torre Eiffel

El chiste resultó malo, incluso para mí.

—No eres exactamente una cita barata, ¿sabes?

—Quiero morir allí.

La miré, sorprendido.

—¿Qué?

—Ya me oíste.

—No será hoy.

Guardó silencio. Yo también, durante un tiempo. Gobi bajó la cabeza y cerró los ojos. Al recostarse contra mi hombro, su abrigo se resbaló y alcancé a atisbar la Glock, ahora también a la vista de todo el mundo.

—Diablos, Gobi —me incliné para empujar el arma fuera de la vista y le cerré el abrigo, pero cuando mi mano tocó el arnés, ella se espabiló violentamente, me empujó, tomó el arma, la sacó y la apuntó directamente hacia mí.

—Gobi —intenté sonar tranquilo—, ¿qué estás haciendo? Guarda el arma.

No se movió. Tenía la expresión absolutamente en blanco, una máscara de alabastro con ojos reales que parpadeaban en su interior. Luego, un hilito de sangre corrió por su fosa nasal izquierda. No tengo idea de cuántos otros pasajeros notaron lo que estaba ocurriendo, pero la mujer frente a nosotros, en traje de negocios, una parisina ejecutiva que parecía ir en camino a una comida de directivos, miró de lleno a Gobi y a la Glock.

—Hey —dije—, tranquila. Soy yo, Perry.

Puse mis manos en alto.

—Sólo estás confundida, baja el arma, ¿entiendes?

A nuestro alrededor, la gente comenzó a entrar en pánico, saltaron de sus asientos, uno o dos gritaron, sacaron sus celulares, lucharon para salir del vagón. Yo intenté mantenerme centrado, en calma. El agujero al final del cañón del arma se veía tan grande como el túnel Holland.

Frente a mí, Gobi hablaba consigo misma, decía cosas en lituano, murmuraba bajo su aliento una andanada de consonantes y vocales, sus pupilas parpadeaban tan rápido que parecía que sus ojos mismos temblaran en sus órbitas. Lo exhausto que estaba y lo inverosímil del momento me hicieron sentir como si una burbuja transparente me rodeara la cabeza, como si todo estuviera sucediendo en un nivel distinto de conciencia. Luché por pensar con claridad, pero en ese instante mi disponibilidad de cabeza fría era extremadamente baja.

Me prometiste...

—Zusane —dije—, Zusane Elzbieta Zaksauskas.

Ante el sonido de tal nombre, Gobi entrecerró los ojos, la histeria ciega empezó a ceder para dar pie a la incertidumbre, pero el arma se mantuvo en donde estaba. Al otro lado del vagón la gente nos miraba, con el aliento contenido.

—Tú eres mi último objetivo —dijo.

—No —dije—, tú sabes que no lo soy.

Retiró el seguro de la Glock.

—Debo terminar con esto.

—Soy Perry. Soy yo.

Murmuró otra frase en su idioma, curvó el dedo sobre el gatillo. Ahora sus ojos estaban casi cerrados, como si no quisiera ver lo que iba a suceder, pero sus labios seguían moviéndose. Sonaba casi como si estuviera rezando.

La voz en mi cabeza habló con absoluta certeza: *Ella va a disparar. Voy a morir en el metro de un país cuyo idioma ni siquiera hablo.* Y en ese momento recordé las palabras que Erich me había dicho en Zermatt.

—Zusane —dije—, *aš tave myliu.*

Sus ojos se expandieron un instante y luego comenzó a bajar el arma. Nos estábamos deteniendo, arribábamos a la estación, y todos los pasajeros del vagón se apiñaban contra las puertas, a la espera de que se abrieran.

Mantuve toda mi atención en Gobi. Tras lo que pareció una eternidad, pareció derrumbarse dentro de sí misma, una tormenta de emociones se derramó en su rostro, y cuando parpadeó hacia mí, parecía que lloraba.

—¿Perry?

—Está bien.

—¿Por qué dijiste eso? —vio el arma en su mano y se echó hacia atrás, horrorizada, al darse cuenta de lo que había ocurrido.

—No lo sé —dije—, ni siquiera sé lo que significa.

—No es... nada —me observó ya con la mirada clara.

El tren se detuvo. Dejé que mis ojos vagaran por el flujo de pasajeros aterrados que intentaban distanciarse de nosotros tanto como era humanamente posible. No se escuchaban sirenas de policía aún, pero serían inevitables.

—Vamos —dije—, tenemos que salir de aquí, ahora.

Puse mi brazo alrededor de su hombro, tomé la Glock y la metí bajo mi abrigo, le limpié la sangre de la nariz. Pero todavía sangraba mientras la empujaba fuera de la plataforma y escaleras arriba hacia la calle, bajo la lluvia.

41

"Teenagers"
Adolescentes

—My Chemical Romance

No hablamos en todo el trayecto por la *rue* Oberkampf. La lluvia caía con fuerza, rebotaba en los charcos y hacía cataratas miniatura en los toldos de los cafés, que mantenían a la mayoría de los peatones fuera de la calle. Grandes autobuses azules de la ciudad y motonetas pasaban a toda velocidad salpicando el agua sucia de las canaletas. Le compré un paraguas a un vendedor en la calle y lo coloqué cerca de nuestros rostros; entonces me dediqué a observar el reflejo en los aparadores de cristal de las tiendas, quería averiguar si nos seguían.

A la mitad de la siguiente calle, pasamos un local chino, nos acercamos a la entrada de madera oscura del Café Charbon y al angosto toldo morado a su lado que decía:

Nouveau Casino
Concerts
Clubbing

Abrí la puerta y un hombre alto y delgado como un esqueleto que vestía sudadera a rayas apartó la vista de su iPod y comenzó a mirarnos.

—*Où allez-vous?*

—Necesito entrar.

—No, abrimos hasta la noche.

—Soy de la banda —señalé el anuncio pegado en la entrada—, Inchworm.

—¿Tú eres... —me seguía mirando mientras giraba la cabeza de un lado al otro, como si en algún ángulo mi llegada fuera a cubrir sus expectativas— de la banda?

—Así es —hice algo de mímica—, toco el bajo.

El guardia miró a Gobi recargada en mí con el abrigo sobre sus hombros. Debe haberse visto lo suficientemente *punk* para él, porque hizo un gesto rápido señalándonos el pasillo y entramos al club.

En ese momento una mano se extendió y me tomó por el hombro, deteniéndome en seco.

—¿No se los dije? —casi gritó Linus. Debajo de la enorme nube de cabello blanco, enormes venas se hinchaban en su cabeza—. ¿No les dije que esa arpía miserable iba a arruinarlo todo?

Todavía estábamos en la entrada, a menos de metro y medio de la puerta, Gobi y yo de un lado, mientras Linus de pie frente a nosotros despotricaba a todo pulmón.

—Linus —dije—, mientras tú discutías la repartición de beneficios de la gira, Paula de hecho intentaba matarme.

—Seis por ciento de las entradas, ¡yo creo que intentaba matarnos a todos!

—Quiero decir, con una pistola de verdad.

—Como sea —sacudió la mano—, tal como les dije a los muchachos, Inchworm va a continuar con la gira. Siempre supe que Armitage era un sinvergüenza, ¿y eso qué? Éste es un negocio despiadado. ¿Tú crees que David Geffen es un santo? Esto no cambia nada —movió la cabeza—. Los promotores locales nos están pagando y nosotros vamos a tocar. Allá en el 86, en el Slippery When Wet Tour, cuando Jon Bon Jovi pescó un resfriado, ¿acaso nos fuimos a casa con el rabo entre las piernas? ¡Claro que no! No lo hicimos entonces, no lo haremos ahora.

Miré sobre su hombro.

—En este momento sólo me gustaría entrar.

Linus, aún murmurando algo, nos escoltó al club. Incluso casi vacío, con las luces apagadas, el Nouveau Casino era una experiencia visualmente desorientadora: un salón abierto, con paredes pintadas de arlequín y el techo de formas geométricas irregulares. A un costado estaba la mesa del DJ y una barra de ante rojo con un candelero de vidrio anticuado que podría haber sido robado por los nazis del Palacio de Versalles, y abandonado aquí por error durante el fin de la guerra.

La banda estaba en el escenario en la mitad de una prueba de sonido más. Cuando Norrie nos vio llegar, dejó de golpear sus tambores, soltó las baquetas y prácticamente cayó sobre los platillos rumbo a las luces del suelo.

—Santossscielo, ¿Perry? —dijo, pero al reconocer a Gobi levantó ambas manos en un gesto frenético de protección y, al dar un paso atrás, casi cayó sobre el amplificador de Caleb—. Diablos, no.

Sus ojos se abrieron como platos y su tartamudez, que tenía la cruel tendencia a empeorar en momentos de tensión, se salió de control. Casi sonaba como rap.

—Sa-sal de aquí, ho-hombre. N-no me-me voy ni a ni a-acercar a ti, s-sólo s-sácala de aquí *ahora*.

—Está bien —dije—, ella está bien.

—E-ella es un ma-maldito imán-de, imán de balas. ¡N-no la q-quiero aquí!

—Vaya, ¡si es Perry, el ornitorrinco! —Sasha dejó el micrófono, bajó del escenario y me rodeó con sus brazos en un apestoso abrazo de oso. Olía a una mezcla de productos para el cabello, Doritos Cool Ranch y Coca-Cola Zero, y aunque sólo lo había visto hacía dos días, sentí una repentina ola de nostalgia recorrerme con tal fuerza que quise ponerme a llorar—. ¿Qué onda, Barón von Broheim? Qué *looocura* lo de Venecia, ¿no? ¿Qué haces aquí?

—Andaba de paso —dije, y mentalmente agregué: *Arriesgando la vida de mi familia... otra vez.*

Sasha rio y me golpeó el brazo.

—De paso... Escuchen a este pedorro —una enorme sonrisa se dibujó en su semblante, haciéndolo parecer de doce años—. Por cierto, más vale que hables con Linus. Creo que él realmente quiere, ya sabes, llegar a un acuerdo.

—Ya hablamos.

—Genial. Me encanta Europa, hombre. Me encantaría vivir acá.

Miró a Gobi en éxtasis porque sus palabras salían ahora sin el agregado inconveniente de la puntuación.

—Y tú también estás aquí, la *chica* europea original, eso *es* absolutamente genial, ya que eres como la razón de que todo esto sucediera para empezar, y además, ustedes dos se ven lindos juntos, como Sid y Nancy, pero sin las drogas. ¡Hey! Caleb, Norrie, ¿ya vieron quién está aquí?

—Lo-los vi —musitó Norrie, y Caleb, que había por fin afinado su Strat como quería, nos envió un saludo distraído, como si todo fuera normal y estuviera pasando en su cochera, en una lenta tarde de martes después de la escuela.

—Entonces —aplaudió Sasha de nuevo—, ¿estás listo para el rock?

—No exactamente.

Norrie dio un paso adelante.

—¿Qu-qué pa-pasa, Perry?

—Necesito hablar con ustedes en privado —dije, y cuando me quité el abrigo, la Glock se escapó de mi bolsillo y nos quedamos viéndola como si fuera un pájaro muerto en el suelo.

—N-no —dijo Norrie—, n-no, de nnn-ningún modo, *no*.
—Norrie.
—No. ¡No!
—Mira —yo ya había recogido el arma y la había metido en su lugar en la chaqueta, pero seguía viendo los ojos de Norrie dirigirse al bulto que formaba en el bolsillo—. Necesito su ayuda.

Estábamos en un costado del escenario, mientras Sasha y Caleb se ponían de acuerdo en la lista de canciones. Gobi estaba sentada en el suelo junto a mí, con la cabeza entre las manos. No se había movido ni había hablado desde que llegamos a esa esquina oscura del club.

—Sólo permítanos...
—Ni-ni me importa el *sh-show* —dijo Norrie—, so-sólo quiero que-que no-no me *maten*.
—Confía en mí, hombre, ¿de acuerdo?

Me miró con desconfianza. Éramos amigos desde la primaria, y juntos habíamos pasado por mil cosas, y ésta no era la forma en que yo quería que nos volviéramos a encontrar. Deberíamos estar en casa, en su sótano, escuchando a Wolfmother, jugando *Red Dead Redemption* y hablando de Princeton y de chicas y de cualquier cosa que se nos ocurriera. Cuando estaba en la preparatoria ya sabía que esto no duraría para siempre, pero no habría imaginado que terminaría tan rápido.

—¿Po-por qué no po-podemos ir a la po-policía y só-sólo decirles? —Norrie preguntó y luego respondió su pregunta—: Ah sí, po-porque ¡via-viajas con una *asssesina a sssueldo*!

—Mira —dije—, tendré a la policía aquí esta noche. Sólo quiero tantos ojos como sea posible por si algo sale mal.

—¿Quie-quieres tener un en-enfrentamiento en me-medio del *show*? —sonaba de pronto harto de ser mi mejor amigo—. De nuevo.

—¿Qué tal tu canción?

Me miró profundamente, el rostro descompuesto presa de una inenarrable confusión.

—¿Q-qué?

—Dijiste que habías escrito una canción nueva.

—¿Es en sss-serio?

—Vamos a oírla.

—¿A-ahora?

Miré el club vacío, pensé en todo lo que ocurría fuera de estas paredes, pensé en mí, en Gobi, en mi familia, en que las probabilidades a nuestro favor eran más bajas que nunca—. Puede que sea nuestra última oportunidad.

—No-no, pa-para nn-nada —dijo, negando con la cabeza—, no p-pu-puedo.

—Sí, sí puedes.

Norrie respiró hondo, movió la cabeza y con un suspiro de exasperación largo y sufrido que significaba *Oh, Dios, no puedo creer que estoy haciendo esto*, dio media vuelta y subió al escenario, donde Caleb y Sasha supuestamente pretendían no escuchar nuestra conversación a escondidas. Les susurró algo y se colocó ante su batería, tomó las baquetas y disparó un ritmo de tres golpes. Caleb rasgó las primeras notas.

La canción, lo que tenía escrito de ella, era irregular, descuidada, mal hecha, sin pies ni cabeza... y, sin duda, lo mejor que Norrie había escrito jamás. A la mitad de la segunda estrofa, sin poder contenerme más, trepé al escenario, tomé un bajo que estaba por allí, lo conecté y empecé a improvisar una línea de bajo en el momento; me acerqué al micrófono para apoyar la voz de Sasha.

Cuando terminamos, Gobi y Linus estaban al pie del escenario, mirando, con expresiones de asombro. Me limpié el sudor de los ojos, vi a Caleb, y miré hacia donde Norrie conectaba el último golpe de la canción. Me miraba.

—¿Bien? —dijo—. ¿Qué piensas?

—Sí.

—¿Sí?
—Sí.
—La llamo "Imán de balas".
Asentí.
—Buen nombre.
—Eso pensé.
—Yo también.
Un aplauso desde el fondo del lugar nos sorprendió a todos.

42

"Baby Goes to 11"
Directo a la cima, ¡baby!

—Superdrag

—¿Stormaire? —la voz de Paula se oyó clara y fuerte en la excelente acústica del salón de conciertos vacío. Sacó un encendedor y lo agitó sobre su cabeza—. Viva el rock, cariño.

Coloqué el bajo en el suelo y la miré al fondo del club. Vestía un abrigo de lana negro y botas de piel hasta las rodillas, estaba de pie junto a la barra, con Monash enfundado en un traje gris a su derecha. Entre ellos, el cadavérico guardia parisino que nos había dejado entrar hacía unos minutos, permanecía de pie con los brazos cruzados. Tenía las manos en los codos como si intentara verse desafiante, lo que resultaba bastante difícil, dado que Monash le apuntaba a la cabeza con una pistola.

—Escucha —dijo Paula—, sé que estaban planeando algo especial para esta noche, pero papá y yo estamos un poco cortos de tiempo. ¿Podrías venir con nosotros un momento? Creo que *de verdad* querrás ver esto —empezó a girar su cuerpo y miró atrás, como si hubiera recordado algo—: ah, y trae al fenómeno.

Gobi me miró y seguimos a Paula fuera del club.

Una camioneta blanca de FedEx estaba estacionada en el callejón junto a una hilera de motonetas. La lluvia había empapado los montones de basura que había por allí y todo el lugar olía a caño. Sin decir palabra, Paula se acercó a la parte trasera de la camioneta, abrió las puertas y se hizo a un lado para que pudiéramos ver dentro.

Y luego los vi, en la vida real.

Tres figuras encorvadas estaban en el suelo contra las paredes interiores de la camioneta. De repente sentí todo en mi interior tambalearse y derretirse hasta desaparecer.

—Mamá —dije—, papá, Annie.

Mi madre fue la primera en reaccionar. Se movió hacia adelante y me arrojó los brazos.

—Perry, gracias a Dios.

Con sólo escuchar el tono de su voz supe que estaba más preocupada por mí que por ella o por Annie. Papá estaba de rodillas, sosteniendo a Annie, como si la estuviera ayudando a salir de la camioneta.

—¿Están bien?

Papá asintió.

—Estamos bien —su voz era callada, diferente, de alguna manera rota, sin trazas de la confianza que yo asociaba con él. La barba le había empezado a crecer y lo hacía ver completamente distinto, más joven y más viejo a la vez—, aunque cansados.

—¿Annie? —le di un fuerte abrazo—, ¿estás bien, calabacita?

Ella asintió y me abrazó tan fuerte que pude sentir su corazón acelerado.

—Te odio, hermano mayor.

—Sí —dije—, lo merezco.

—Me debes *muchas* por esto.

—Tienes razón —dije—, cuando esto acabe...

—Con que *se acabe* —tenía lágrimas en los ojos—, será suficiente.

—Quiero agradecerte por mantener tu parte del trato, Stormaire —interrumpió Paula a mis espaldas, y cuando di media vuelta, vi que había remplazado la Glock que Gobi le había hurtado con algo peor, una especie de arma personalizada de aspecto soviético que apuntó directo al rostro de Gobi.

Monash tenía a Gobi contra la pared del callejón, bajo un curioso ejemplo de grafiti parisino que mostraba niños de escuela girando alegremente alrededor de una explosión nuclear con forma de hongo. La lluvia de los tejados se escurría y hacía que el rostro pálido de Gobi brillara en toda clase de formas radiantes y enfermas.

—Nos la trajiste, tal como dijiste que lo harías.

Los ojos de Gobi brillaron sobre el hombro de Paula y se engancharon en los míos como un imán en el acero, y yo sacudí la cabeza violentamente.

—No —dije—, un momento, eso no es...

—Tomaste la decisión correcta —dijo Paula—, después de todo, ¿quién no elegiría a su familia sobre una chica a la que apenas conoce?

—No fue así como lo planeé —dije, pero Gobi ya no me estaba mirando.

—Esta vez no la perderemos —dijo Monash.

Era la primera vez que lo oía hablar, sin contar todos los gritos dentro del baúl en Venecia. Ahora él tenía una pistola en la mano, una voz refinada, acento pulido y elegante, el producto de escolarización privada e internados, exactamente de la forma en que se esperaría que sonara el padre de alguien como Paula.

Tras meter el arma en una funda de hombro y dejar que Paula continuara apuntando a Gobi con su arma, empezó a atarla con unos cordeles de plástico alrededor de las muñecas.

—Vamos a tener un largo proceso de reeducación, ¿verdad, Zusane?

Luego, dirigiéndose a Paula, dijo:

—Tenemos un imperio que reconstruir, querida —Gobi bajó la cabeza y dijo algo por lo bajo—. ¿Qué dices, cariño?

—Mi nombre es Gobija.

Le ajustaron con más fuerza los cordeles. Al principio creí que haría lo mismo que en Zermatt, permanecer tranquila hasta que tuviera la oportunidad de actuar.

Estaba equivocado.

43

"Icky Thump"
Tremenda golpiza

—The White Stripes

El ruido que hizo la cabeza de Gobi cuando la estrelló en la nariz de Monash fue una especie de crujido húmedo y apagado, como el que obtendrías si pulverizaras una toronja dentro de un costal de yute. A Monash no le dio ni tiempo de gritar. Para entonces, ella ya estaba sobre él, lo había rodeado con los brazos y apretaba los cordeles alrededor de su cuello, cruzando las muñecas, y lo zarandeaba. Algo se rompió en la columna de Monash, algo que sonó profundo, frágil e importante, y entonces emitió un graznido glótico y empezó a retorcerse frenéticamente en su traje de cinco mil dólares.

Gobi giró, sin dejar de moverse; mantuvo el cuerpo de Monash recto frente a ella y lo empujó hacia adelante como un escudo humano contra Paula, quien se había echado hacia atrás, y trataba de encontrar un resquicio por donde disparar. Hasta yo podía ver qué no era posible. El callejón ya era de sí angosto, y ahora que la camioneta de FedEx estaba allí, el margen de maniobra había desaparecido casi por completo. Y Paula no dispararía a Gobi a través de su padre, quien presumiblemente seguía con vida. Mis padres y Annie se apresuraron a regresar dentro de la camioneta.

—¡Alto! —se oyó una voz por el callejón, y vi a Nolan correr hacia nosotros desde la *rue* Oberkampf con dos gendarmes uniformados detrás de él.

He visto el video de las cámaras de vigilancia que capturaron lo que sucedió en los siguientes diecinueve segundos, desde diferentes ángulos; la CIA me obligó a repasarlos con ellos, incluso se filtró una versión de mala calidad en YouTube, pero todavía no logro asimilarlo en mi mente.

Las cosas comenzaron a ser borrosas alrededor de la marca de un minuto. Luego, cerca del 1:22 se puede ver a Gobi girar aún sosteniendo a Monash frente a ella como una marioneta espástica. Al 1:29 se oye un disparo, es de Paula, una bala perdida que no parece dirigirse a un lugar en específico, ésta rebota por la pared del callejón donde los policías la encontrarán más tarde, incrustada en un contenedor de basura a treinta metros de distancia. Justo tras el disparo, la puerta de la camioneta de FedEx se abre con rapidez para derribar a Paula. En este momento yo estoy fuera de cuadro, bloqueado temporalmente por Nolan y los gendarmes, quienes siguen corriendo hacia adelante hasta que se percatan del tiroteo en curso.

En el 1:33, Paula recupera el equilibrio y dispara una segunda vez, esta vez con entera resolución, pero demasiado tarde. Se nota que algo se mueve dentro de la camioneta, y la puerta se cierra de golpe.

Si se hace una pausa al video en el 1:38, puede verse con claridad mi rostro, mirando de frente. La expresión lo dice todo.

La camioneta ya no estaba.

Ni mi familia.

Ni Gobi.

44

"Walking Far from Home"
Caminando lejos de casa

—Iron & Wine

Lo que nos trae aquí, Gobi.
Bueno, no tanto, pero casi.
Con todo lo que han escrito y transmitido y blogueado de nosotros en aquellas horas finales en París, versiones oficiales y apócrifas, se pensaría que la historia completa ha sido desentrañada. Y en la medida en que los hechos narran lo ocurrido, eso es verdad. Claro que hubo aspectos de la investigación que la gente de Nolan ocultó al público, en especial cuando el rastro seguía fresco y la sangre aún estaba húmeda, pero nada de eso afectaba en realidad el resultado de manera concreta.
Al final, todo se reducía a esto:
Una mujer de sólo veinticuatro años murió en la cima de la Torre Eiffel esa noche.
Por lo que respecta a los registros, ésos son los hechos.
Aquí está el resto.

El barandal de metal mojado se descarapela a trescientos metros de altura, oxidado, suavizado en ciertos puntos por las millones de manos emocionadas que se han asido de allí a lo largo de los años para mirar las luces de París. Hace tanto frío arriba que ni con las manos metidas en los bolsillos de la chaqueta puedo sentir las yemas de los dedos. Dejé de sentir las orejas y la punta de la nariz en cierto momento, mientras subía por el elevador.

A pesar de la oscuridad y la temperatura, una multitud de turistas sigue rondando el mirador, posa para sus fotos y señala edificios a ras de suelo en media docena de idiomas diferentes. Estar aquí los hace sentirse glamorosos en cierta forma, parte de algo más grande que ellos mismos. Actúan como celebridades en una sesión de fotografía. Se acicalan y posan. Lanzan besos al aire e improvisan. Ya han comprado agua embotellada, chocolate caliente y sándwiches en el *bistro*, y bolsas de plástico en la tienda de recuerdos, un piso debajo del mirador. Esta noche no ha habido registros de seguridad más severos en la taquilla, ¿y por qué debería haberlos? El asalto de esta tarde en la *rue* Oberkampf fue un incidente aislado, la identidad de su única fatalidad aún no era revelada al público, pero, ciertamente, significaba una causa de pánico en la Ciudad de la Luz. Las autoridades no habían sido prevenidas de vigilar la Torre Eiffel en particular, porque si lo hubieran sido, no habríamos podido subir.

Y nunca más te habría visto.

Como lo hago ahora.

Estás de pie a veinte metros, esperando por mí al otro lado del mirador, con los brazos cruzados a espaldas del barandal. Estamos como a trescientos metros sobre la ciudad más hermosa del mundo, y tú sólo me miras.

El viento y la lluvia golpean con fuerza mi rostro, haciendo que mis ojos lagrimeen un poco, y cuando me acerco y los enjugo, puedo ver que estás sangrando. Todavía no demasiado. Tienes sangre en el rostro, corre desde tu fosa nasal derecha. No estoy seguro de que me reconozcas.

—Gobi.

Sonríes con tristeza. Dices algo en lituano; suena como una oración.

—¿En dónde dejaste la camioneta de FedEx?

Parpadeas y me devuelves la mirada.

—¿En dónde está mi familia?

Tus ojos suben y bajan velozmente, me miran pero no veo en ellos verdadero reconocimiento. Como si te hubieras encontrado con alguien en el aeropuerto que te resulta familiar pero cuyo nombre no logras traer al recuerdo.

—Sé que los quieres —digo—, sé que nunca harías nada para lastimarlos. Sólo dime en dónde están.

Sonríes de nuevo, luego haces un gesto de dolor y te tocas la cabeza, como si de repente el tormento ya fuera demasiado.

—Mi mamá, mi papá y mi hermanita Annie —digo—, tú los conoces, puedes recordarlos.

Sólo agitas la cabeza.

Luego, unos segundos después, veo una pistola en tu mano.

45

"Stand Up"
Levántate

—The Prodigy

No sé cuándo llegó la policía. Todo lo que se requirió fue una colegiala de Tokio particularmente atenta. Detectó la pistola en la mano de Gobi e hizo una llamada telefónica, cinco minutos después el mirador estaba despejado.

Luego éramos sólo nosotros y los policías. Por un largo momento, Gobi y yo nos quedamos mirando cómo la avenida Anatole France se llenaba de luces de patrullas, que la convirtieron en un río azul parpadeante, junto a la curva más genuina y oscura del Sena. La siguiente vez que se abrió la puerta del elevador, escupió un escuadrón completo de gendarmes antimotines.

Pero cuando vieron lo que hacía Gobi con el arma, guardaron distancia. Uno de ellos nos gritaba, y aunque haraganeé durante los dos años de francés que tomé en preparatoria, logré entender el sentido de lo que decía. Déjalo ir. Baja el arma. Arriba las manos. Esas cosas. Gobi los ignoraba por completo, toda su atención estaba en mí.

—Aš tave myliu —dice Gobi. Estira su mano libre para retirar el cabello mojado de mis ojos—. Tu cabello se está enmarañando, *mielasis* —y apunta la pistola a mi cabeza, bajo mi barbilla.

—No tiene que ser así.
—Sí, así debe ser.
—Sólo dime qué hiciste con mi familia. Sólo dime en dónde están.
—Uno más debe morir.
—Gobi, no, estás enferma. Tienes un tumor en el cerebro, no estás pensando con claridad. Como en el tren.
—*Au revoir.*
—Gobi —subí las manos—, ya no necesitas hacer esto. *Aš tave myliu.*

Algo cambió en sus ojos, no mucho, quizá fue sólo una diferencia sutil en la luz reflejada en sus pupilas. La besé entonces, ni siquiera pensé en la pistola que ella mantenía contra mi barbilla. Su boca estaba fría como el cañón de metal contra mi piel, sus labios se abrieron y me besaron; sentí la sorprendente calidez de su lengua, dulce y salada, entrar y deslizarse junto a la mía. La pistola seguía allí, empujando duro contra mi mandíbula.

—¿Cómo aprendiste a decir "te amo" en lituano? —preguntó.
—Erich.
—¿Sigues celoso de él?

Negué con la cabeza.
—No.

Acercó sus labios a mi oído.
—Sesenta y seis *rue* de Turenne —murmuró—, en el estacionamiento, están en la calle de atrás.
—Gracias.
—Y Perry...
—¿Sí?
—Lo siento.
—¿Qu...?

Ella apartó la pistola de mi cabeza y la puso contra la suya. Colocó el cañón contra su sien. Demasiado tarde, comprendí cómo iba a terminar todo.

—¡Gobi, no!
Jaló el gatillo.
Nada ocurrió.
La miré, ella me vio a mí.
—El seguro —le dije—, sigue puesto. Olvidaste...
Entonces, de algún lugar a mis espaldas, una silueta oscura surgió, se estrelló contra ella y la derribó sobre el piso del mirador.

Al sentarme vi a Gobi de espaldas, girando de lado, luchando con la figura vestida de negro sobre ella. Vi el resplandor de hebillas y una placa de policía. Uno de los gendarmes había roto filas, saltando adelante, consiguiendo derribarla.
Gobi se retorció de un lado a otro, se echó hacia atrás y pateó al gendarme en el rostro, tan fuerte que le sacó el casco antimotines de la cabeza, revelando un mechón de cabello rubio.
Paula.
En menos de un segundo, Paula ya había recobrado el equilibrio, se había recuperado de la patada y metido la mano en su uniforme para sacar un arma automática. La sostuvo con ambas manos, y la dirigió hacia Gobi.
—Paula —dije.
Ella miró a los gendarmes.
—Esta noche compré sus vidas... en todo caso, las renté por unos momentos.
—¿Qué quieres decir?
—Cuando escuché los reportes por la frecuencia de radio de la policía, llegué tan pronto como pude.
Sus ojos miraban al grupo de gendarmes en el otro extremo del mirador, y Paula mostró una placa plastificada colgada de un cordel.
—Interpol, Escuadrón Especial de Negociación de Rehenes.
—Muy realista —dije.

—Resulta útil de vez en cuando. La policía tiene órdenes de esperar hasta que yo dé la señal.

Intenté sonreír; no me dolió demasiado.

—No sabía que todavía me querías.

—Eres un amor —Paula tomó una bocanada de aire nocturno—, pero te engañas, como siempre.

Dio un paso hacia Gobi.

—Zusane. ¿Sabes? Lo último que dijo mi padre antes de morir fue *hazla sufrir*. Le prometí que lo haría.

Paula la miró con una piedad rayana en la repulsión.

—Pero... sólo mírate. Dios mío. Ya estás medio muerta. Ni siquiera puedes levantarte. Estás podrida de cáncer. En este punto, cualquier cosa que te hiciera, sería misericordia.

Gobi guardó silencio. Aún con la pistola en su poder, Paula miró al sureste, donde había un largo tramo abierto de campo que llevaba a la Tour Montparnasse.

—¿Sabes lo que es aquello? Es el Campo de Marte.

Miró de nuevo a Gobi.

—Le pusieron así en honor al dios de la guerra.

—Entonces deberían enterrarnos a ambas allí —dijo Gobi.

Paula negó con la cabeza.

—Sólo a ti.

Levanté la mano.

—¡Paula...!

Pero ella jaló el gatillo.

El primer tiro impactó en el pecho de Gobi, el segundo en su vientre, lo que la lanzó hacia atrás contra el barandal de protección. No dejó escapar sonido alguno, su expresión no delató ni pizca de lo que sintió en ese momento. Era como si se hubiera apartado por completo de sus terminales nerviosas, como si las hubiera enviado lejos de ella a un lugar privado donde habitan todas sus heridas. Vi sus dedos tantear en busca del barandal, mientras intentaba sostenerse para seguir luchando, fue entonces cuando Paula disparó de nuevo; la bala alcanzó a Gobi en la rodilla izquierda, doblándole la pierna hacia un lado. Esta vez se quedó tendida, con las palmas levantadas y los dedos estirados.

Sus manos estaban vacías.

Paula pateó la Glock hacia un lado y se irguió frente a Gobi. Le apuntó directo a la cara. Yo ya no podía oír del lado izquierdo por los disparos. La boca de Paula se movía y gritaba tan fuerte que alcancé a percibir lo que decía, algo acerca de su padre, acerca del final de todo aquello.

—Déjala en paz —dije, pero yo no podía escucharme y pensé que quizá Paula tampoco podría.

Me levanté.

De acuerdo con Erich Schoeneweiss, para romper con éxito un tablón o ladrillo usando la técnica del taekwondo, las manos deben viajar a unos nueve metros por segundo en el momento de contacto. Alcanzar ese tipo de velocidad requiere que quien golpee busque atravesar su objetivo, lanzar un golpe que lo penetre.

Mi objetivo entonces fue el extremo opuesto de la cabeza de Paula.

Hice un agujero en la noche.

Cuando Paula cayó, todo sucedió a la vez. El arma se deslizó fuera de sus manos, su rostro se columpió hacia adelante, se desvió en el barandal y regresó atrás y viajó otra vez hacia adelante, mostrándome la pesadilla de todo dentista: sangre y dientes rotos. Pero de alguna manera aquello era todavía una sonrisa.

—De tal palo tal astilla —dijo.

Salió algo pastoso, pero pude entender las palabras con mi oído bueno.

—A tu padre también le gusta pelear, Perry, ¿lo sabías?

Intenté decirle que se callara pero me di cuenta de que tenía que recuperar el aliento. Había puesto todo lo que tenía en ese golpe y no había sido suficiente. Mientras hablaba, Paula ya estaba buscando un arma, fuera la suya o la de Gobi, pero estaba oscuro y el suelo era negro, y uno de sus ojos ya se había hinchado hasta cerrarse por completo.

—Siempre pensé que era gracioso. Tú tan nervioso de llevarme a la cama —se limpió la sangre de la boca con su manga—, mientras yo obtenía todo lo que necesitaba de tu padre. Pregúntale, Perry. Pregúntale cómo era yo entre sábanas. Es muy triste que tú ya nunca vayas a descubrirlo.

Me acerqué a donde Gobi estaba y la rodeé con mis brazos. Podía percibir el olor a cobre quemado que salía de sus heridas, un olor profundo, húmedo, desesperante, a tela y piel quemadas.

—Está bien —dije—, ya no tienes que hacer más.

—Perry.

Ella acercó su boca cerca de mi oído bueno.

—Levántame.

—¿Estás segura?

Asintió. Pesaba. Mucho más que nunca antes, y la frase *peso muerto* apareció en mi mente, si bien quizá yo estaba más débil de lo que recordaba; casi con seguridad, eso fue lo que pasó. De alguna manera logré colocar las manos bajo sus brazos y la levanté en vilo. Podía sentir el roce áspero, desigual de su respiración, las costillas rotas dentro de su pecho mientras yo la sostenía allí.

A unos pasos de nosotros, Paula se levantó. A través de la sangre y la hinchazón, el fuego de sus ojos era reflejo de algo feroz, un espectáculo vulgar de venganza que sólo ella podía ver. Tenía ambas armas, la de Gobi en su mano derecha y la suya propia en la izquierda.

—Lo siento —dijo Paula—, aquí termina todo para nosotros.

Sentí los hombros de Gobi tensarse con anticipación. Apreté las piernas para apoyarla. Cargando todo su peso en mí, lanzó su pierna derecha en línea recta hacia adelante y la dejó caer sobre el cuello de Paula.

La patada conectó exactamente donde debía, mortalmente centrada en la base del cráneo, y cuando el rostro de Paula golpeó el suelo, fue con más peso del que cargó en vida.

La miré allí, en la lluvia, con los ojos abiertos, en blanco, mirando.

Sostuve a Gobi, la recosté lentamente junto a mí, y pasé las manos por su cabello. Estaba oscuro y llovía, y así nos quedamos, abrazados, juntos, al lado del barandal de metal, hasta que los gendarmes llegaron y nos sacaron de allí.

46

"Brand New Friend"
Flamante nuevo amigo

—Lloyd Cole
and the Commotions

—Hola, chico.

Estaba sentado solo, en una sala de espera en el Hospital Americano de París, con la televisión encendida. No tenía que quitar la mirada de la versión francesa de *The Biggest Loser* para saber exactamente quién había entrado. El agente Nolan estuvo de pie junto a la puerta un largo rato, sosteniendo su portafolio, esperando ser saludado.

—¿Qué tal un "hola"?

—Lo siento —le mostré mi otra oreja, con la que todavía podía oír—, háblele a ésta.

—¿Dónde está la familia?

—En un hotel —dije.

Básicamente era verdad, pero decidí que Nolan no tenía que ser informado de que mis padres se alojaban en hoteles separados en las márgenes opuestas del Sena. Hay ciertas cosas que ni la CIA necesita saber.

—¿Y la banda?

—Ayer regresaron a Nueva York con nuestro representante.

—¿Y tú? ¿Volarás pronto a casa?

—Mañana —dije—, probablemente.

Levanté el control remoto. Nolan miró por el pasillo hacia la sala de operaciones.

—¿Cuánto tiempo llevan en cirugía?

—Trece horas. Estarán terminando.

—¿Le quitaron todo?

—¿Qué le importa a usted?

—Es gracioso, ¿no crees?

—¿Qué cosa?

—Mientras ella vestía allá arriba un chaleco antibalas que le salvó la vida, el tumor era lo que realmente estaba acabando con ella.

Él había comenzado a decir algo, y le dirigí mi oído malo. Cuando me vio hacerlo, se paró justo frente a mí para bloquearme la vista al televisor.

—Escucha, Perry, quizás empezamos mal, quizá recibiste una mala lección de diplomacia a golpe de culata, ¿quién sabe? —se encogió de hombros—. Cuando te pregunté por ella... sólo estaba siendo amable. Ya hablé con los neurocirujanos. Dicen que está en coma.

—Inducido —dije.

—¿Cómo?

—Es un coma inducido. Es lo que hacen para proteger las funciones cerebrales superiores durante e inmediatamente después de una intervención neurológica mayor.

—Alguien ha estado leyendo su Wikipedia.

Apagué el televisor y lo miré.

—¿Por qué está aquí?

—De hecho... —suspiró, se sentó junto a mí, y acomodó las líneas del planchado de sus pantalones...— quiero ayudar.

—A menos de que pueda regresarme la audición del oído izquierdo o... —casi digo *salve el matrimonio de mis padres*— deshaga todo lo que sucedió aquí, usted será de muy poca utilidad para mí.

—Nunca dije que quisiera ayudar personalmente —dijo Nolan—, si bien, en esta situación en particular, podría estar en la posición para hacerlo.

Abrió su portafolio y sacó un grueso expediente de documentos de aspecto oficial, algunos en inglés, otros en francés.

—Nadie sabe cómo saldrá tu princesita lituana de la operación, y ni siquiera si es que logrará salir. Hasta los doctores dicen que es muy pronto para aventurar un diagnóstico. Pero una cosa es cierta, al final del día, alguien va a enfrentarse con una factura de infierno en gastos de hospital. Estamos hablando de millones en rehabilitación y esa clase de cosas. Ella estará en deuda por el resto de su vida.

—Déjeme adivinar —dije—, usted se puede encargar de todo.

—La agencia podría, quizá.

Me veía desde el rabillo de su ojo.

—A cambio de ciertas consideraciones.

—Olvídelo —dije.

—Tranquilo, chico, no nos adelantemos. En este momento no sabemos siquiera si va a sobrevivir, pero si lo logra...

Se encogió de hombros una vez más.

—Puede que ella no sea capaz de volver a apuntar correctamente, pero estamos dispuestos a tomar el riesgo.

—Qué generoso.

—Hey, como dije, hacemos lo que podemos. En cualquier caso, con el ánimo de comenzar de nuevo, sólo quiero que sepas que el Tío Sam va a pagar esto. Lo que se necesite para ponerla en pie —sonrió—. Vivita y coleando, ¿cierto?

—Agente Nolan.

—¿Sí, chico?

—Le digo esto desde el fondo de mi corazón...

—Sí.

—Váyase a la mierda.

Cerró su portafolio de golpe y se puso de pie.

—Eso no es amable, Perry.

Su voz sonaba cordial pero falsa, como si pronunciar cada palabra le hubiera costado un poco de su dignidad.

—Te extendí la mano y acabas de orinar en ella.

—Quizá sólo estaba practicando algo de diplomacia a golpe de culata.

—Bueno, aquí no pasó nada.

Ahora su sonrisa era más apretada, más angosta, parecía aplanar los amplios rasgos de su rostro.

—No importa quién pague, estamos sobre ella. Lo sabes, ¿verdad? Si Zusane Zaksauskas sale caminando de aquí no hay lugar en este planeta en donde ella pueda esconderse de nosotros. Ella nos pertenece de por vida.

—Qué suerte para ella.

Gruñó y se dirigió hacia la puerta. Lo que lo detuvo fue un cirujano en pijama, llevaba puesto un tapabocas y redecilla en el cabello. Primero vio a Nolan, luego a mí.

—¿Señor Stormaire? —dijo el doctor.

Me levanté y sentí que el corazón me brincaba hasta la garganta.

—¿Sí?

—Me temo que no son buenas noticias.

Lo miré, y Nolan lo miró, y pude sentir las moléculas de aire quedarse totalmente quietas a nuestro alrededor.

—Hicimos todo lo que pudimos —dijo el cirujano—, pero ella nunca recuperó la conciencia después de la operación. Lo siento mucho.

Nolan suspiró y negó con la cabeza, finalmente me miró.

—Lo siento, chico, pero como dije antes, probablemente sea lo mejor.

Cuando se marchó, el cirujano se quitó la máscara y me miró.

—Creí que habías dicho que no eras doctor —dije.

—¿Cómo dicen allá? —Erich se dio unos golpecitos con el dedo en la cabeza—. *Interpreté uno en televisión.*

—¿Entonces, Gobi...?
—El cuerpo parece haber desaparecido misteriosamente, o pronto lo hará.
—Imagino que tú te encargarás.
—*Ja* —dijo Erich—, no hace falta.

47

"We Own the Sky"
Somos dueños del cielo

—M83

Al día siguiente de que Gobija Zaksauskas fuera declarada oficialmente muerta por segunda vez en su vida y sus restos fueran rápidamente extraídos de la morgue del hospital por personal desconocido, mi mamá, Annie y yo volamos de regreso a Estados Unidos. Mi papá se quedó en París para tomar un vuelo más tarde. Cuánto más tarde, no sabíamos; él no lo dijo, y nadie se molestó en preguntar.

Al pasar por la aduana en el aeropuerto JFK, mamá se detuvo a ver el árbol de Navidad de la terminal internacional.

—Nos perdimos el Día de Gracias —dijo, con una voz extraña, como si recién se percatara de lo lejos que habíamos estado. Yo sabía cómo se sentía. Mi país se oía fuerte y frenético en mi oído bueno; la gente corría, gritaba, los vuelos eran anunciados en un aluvión de ruido e información. A nuestro alrededor, el tiempo había avanzado y nosotros habíamos sido arrojados de súbito de vuelta a su flujo constante. Ahora intentábamos recuperar el equilibrio.

Así, sin más, ya estábamos en diciembre.

Annie y yo pasamos mucho tiempo en casa las siguientes semanas, vimos películas, desempolvamos los juegos de mesa, envolvimos regalos de Navidad y nos pusimos al corriente con la música de temporada. Hasta las cosas más normales y aburridas, de alguna forma ahora nos daban seguridad, como si nos anclaran en nuestro sitio.

Nadie dijo mucho sobre papá. Una o dos veces intenté iniciar una conversación con Annie sobre él, pero parecía no querer tocar el tema, así que eventualmente dejé de intentarlo. Mamá dijo que no le interesaba poner árbol, así que Annie y yo fuimos a comprar uno y lo llevamos a casa sobre el toldo del Volvo, mientras ella trabajaba. Norrie, Caleb y Sasha nos ayudaron a decorarlo; ensartamos palomitas de maíz y arándanos porque Annie siempre había querido hacerlo. Practicamos algo del nuevo material e incluso interpretamos un par de canciones de Navidad. Annie incluso cantó los coros en "Papá Noel llegó a la ciudad". Mamá dijo que sonaba bien, pero en ese tono distraído que podría estar refiriéndose a lo que fuera, o a nada en realidad. Estaba demasiado callada, pasaba demasiado tiempo sola, pero no parecía haber modo de mencionarlo.

Dos semanas después de nuestra llegada a Nueva York, Chow regresó de Berkeley para las vacaciones de Navidad. Pasó por la casa una noche, y comimos pizza y bebimos ponche de huevo. Naturalmente, había leído todo lo que había ocurrido con Gobi y conmigo en Europa, y no podía esperar para hablar de ello; desde que volvimos a casa, estábamos en las noticias, en internet y en todas partes.

Fue bueno verlo otra vez, y nos quedamos hasta muy tarde platicando junto al fuego. Me contó que mientras estaban en casa, él y su novia de la preparatoria habían regresado *de forma temporal*, lo que hasta donde yo podía entender significaba que habían empezado a dormir juntos de nuevo hasta que cada uno tuviera que regresar a su respectiva universidad pasadas las vacaciones.

—¿Y qué onda contigo, amigo? —dijo, mirando el árbol—, ¿otra Navidad en casa con tus luces rojas y azules?

Después de todo lo que había pasado, era algo insensible, pero me sorprendió reaccionar con una carcajada, y eso se sintió bien.

Durante mucho tiempo había temido que hubiera olvidado cómo hacerlo.

Finalmente, dos días antes de Navidad, papá apareció.

Llamó desde el aeropuerto y llegó a casa de barba larga y con una bolsa llena de regalos, como Papá Noel, pero sin las risas. Todo fue muy civilizado, muy amable y completamente enervante. Mamá permaneció en un extremo del sillón, papá en el otro. Al final de la conversación más rara del mundo, se despidió, nos abrazó a Annie y a mí, y regresó a su hotel. Quise decirle que esperara.

Quería preguntarle qué había pasado en realidad entre él y Paula. Quería conocer su lado de la historia. Debía haber alguna razón detrás de sus acciones, ¿verdad?

Algún día me gustaría saber.

—¿Vas a bajar? —preguntó mamá—, tu hermana está haciendo chocolate caliente y quiere ver *Elf*.

Miré por encima de la computadora.

—Quizá después —era Navidad y yo no me sentía con espíritu fraterno a pesar de la predicción de ráfagas de nieve para la noche, y de que Death Cab for Cutie interpretaba en la radio su propia versión de "Baby Please Come Home".

Estaba llenando una solicitud en línea para el semestre de otoño en la UCLA. Sólo llevaba la mitad y no tenía la fuerza necesaria para buscar una carta de recomendación más. Pero sabía que debía terminarla. Era tiempo de continuar, de mirar lejos y dar un golpe más allá. Pensaba que quizá California estaría lo suficientemente lejos para volver a empezar.

—Ah, casi lo olvido —dijo mamá—, te llegó esto.

Miré el sobre que dejó sobre mi escritorio. No señalaba un remitente. Vi el borroso sello de correos, parecía algo como las Islas Fiji.

Lo abrí.

Era una tarjeta de Navidad del Hotel Schoeneweiss, que mostraba una multitud de hombres y mujeres en trajes de Papá Noel intentando trepar una viga de madera en la competencia anual CLAUWAU en Zermatt. Al abrirla estaba en blanco, excepto por tres líneas escritas hasta abajo:

NUEVA UBICACIÓN DEL HOTEL. UN SOLO HUÉSPED A LA FECHA. HA PEDIDO VERTE LA PRÓXIMA VEZ QUE ESTÉS EN LAS ISLAS.

Estaba firmado con las letras ES.

La metí en mi escritorio junto con mi pasaporte, cerré el cajón y bajé hacia el olor a chocolate caliente para reunirme con Annie y mamá.

Agradecimientos

Debo infinitas gracias a mi agente, Phyllis Westberg, por apoyarme a lo largo de los años y a Margaret Raymo, extraordinaria editora de Houghton Mifflin. También de Houghton, quiero agradecer a Betsy Groban, vicepresidente *senior* y editora, y a Rachel Wasdyke, gerente de publicidad; ambas han sido más que maravillosas desde el principio; además, ustedes ofrecen grandes fiestas, chicas. Al otro lado del océano, gracias a la encantadora Ali Dougal, editora comisionada en Egmont, por su ligero toque editorial y el delicioso almuerzo un día helado de noviembre en Londres.

Debo también agradecer a mi esposa, Christina, y a mis hijos, quienes me siguieron durante mis pesquisas para este libro por el Reino Unido, Francia, Suiza e Italia, y me dotaron con la inspiración para enfrentar la página en blanco y el valor para atravesar puertas por las que nunca hubiera pasado solo. Finalmente sólo queda una cosa por decir: ustedes son la mejor parte de mí. Los amo, chicos.

La playlist letal de Perry

Intro: "American Idiot" — Green Day · 11

1. "All These Things That I've Done" — The Killers · 13
2. "Ever Fallen in Love" — Buzzcocks · 17
3. "Is There Something I Should Know?" — Duran Duran · 22
4. "The Loved Ones" — Elvis Costello and the Attractions · 25
5. "You Are a Tourist" — Death Cab for Cutie · 32
6. "Another Girl, Another Planet" — The Replacements · 37
7. "Waiting for Somebody" — Paul Westerberg · 41
8. "Never Let Me Down Again" — Depeche Mode · 45
9. "Run (I'm a Natural Disaster)" — Gnarls Barkley · 49
10. "Police and Thieves" — The Clash · 51
11. "Jump" — Van Halen · 54
12. "Here I Go Again" — Whitesnake · 59
13. "Church of the Poisoned Mind" — Culture Club · 63
14. "The World Has Turned and Left Me Here" — Weezer · 65

15. "Happiness Is a Warm Gun" — The Beatles   68
16. "Know Your Enemy" — Green Day   72
17. "There Are Some Remedies Worse Than
    the Disease" — This Will Destroy You   73
18. "Panic Switch" — Silversun Pickups   78
19. "Busy Child" — The Crystal Method   84
20. "Darklands" — The Jesus and Mary Chain   89
21. "Sweetest Kill" — Broken Social Scene   94
22. "Love Removal Machine" — The Cult   98
23. "If There's a Rocket Tie Me to It"
    — Snow Patrol   103
24. "Hold Your Colour" — Pendulum   106
25. "Everybody Daylight"
    — Brightblack Morning Light   111
26. "Hurt" — Nine Inch Nails   116
27. "99 Problems" — Jay-Z   119
28. "King of Pain" — The Police   127
29. "Family Man" — Hall & Oates   132
30. "Timebomb" — Beck   136
31. "Blow Up the Outside World"
    — Soundgarden   139
32. "Wake Up" — Rage Against the Machine   143
33. "Cold Hard Bitch" — Jet   147
34. "I Will Buy You a New Life" — Everclear   151
35. "This Is Not America" — David Bowie   155
36. "Bullet With Butterfly Wings"
    —The Smashing Pumpkins   162
37. "Don't Let Me Explode"
    — The Hold Steady   167
38. "Needle Hits E" — Sugar   169
39. "I Am the Highway" — Audioslave   176
40. "The Metro" — Berlin   178
41. "Teenagers" — My Chemical Romance   182
42. "Baby Goes to 11" — Superdrag   189

43. **"Icky Thump"** — The White Stripes 193
44. **"Walking Far from Home"** — Iron & Wine 195
45. **"Stand Up"** — The Prodigy 198
46. **"Brand New Friend"**
 — Lloyd Cole and the Commotions 205
47. **"We Own the Sky"** — M83 210

Agradecimientos 215

Esta obra se imprimió y encuadernó
en el mes de junio de 2016,
en los talleres de Impregráfica Digital, S.A. de C.V.,
Av. Universidad 1330, Col. Del Carmen Coyoacán
Delegación Coyoacán, México, D.F., C.P. 04100